Kindliche Zeitzeugen 1939–1945

Helmuth Ristow, Jahrgang 1933, verbrachte seine Kindheit während des Krieges in Berlin und Oberbayern. 1947 zog die Familie nach Karlsruhe. An der dortigen Universität erwarb er 1956 das Diplom als Technischer Volkswirt und übernahm fünf Jahre später den väterlichen Betrieb. Von 1961 bis 1994 war er Geschäftsführender Gesellschafter der Firma Dr. Alfred Ristow in Karlsruhe-Durlach, den er zusammen mit seinem Bruder zu einem der führenden Hersteller von elektrischen Einbruchmeldeanlagen in Deutschland ausbaute. Nach seiner Pensionierung betätigte er sich als Landwirt; zusammen mit seiner Frau Hannelore (gest. 2007) gründete er auf dem Rittnerthof in Karlsruhe-Durlach einen Reitstall. 2013 veröffentlichte er sein erstes Buch: »Mit Sicherheit Erfahrung – Die Geschichte der Firma Ristow-Alarmanlagen«. Daneben befasst er sich mit historischen Studien, Schwerpunkt Europäische Geschichte, und hält gelegentlich auch Referate. In Kürze wird von ihm »Gut Rittnerthof – Geschichte und Geschichten« erscheinen. Ristow lebt mit seiner Frau Manuela in Karlsruhe und Ascona.

Helmuth Ristow

Kindliche Zeitzeugen 1939–1945
»Acht Handgranaten, für jedes Kind eine ...«

Anlässlich des 80. Geburtstags von Klaus Ristow
zusammengestellt von seinem Bruder

Mit zahlreichen Abbildungen

Bibliografische Information der Deutschen Nationalbibliothek
Die Deutsche Nationalbibliothek verzeichnet diese Publikation
in der Deutschen Nationalbibliografie; detaillierte bibliografische
Daten sind im Internet über http://dnb.d-nb.de abrufbar.

© 2015 Helmuth Ristow
Umschlagdesign, Satz, Herstellung und Verlag:
BoD – Books on Demand
ISBN 978-3-7386-9560-1

Inhalt

Einführung
»Seit 5 Uhr 45 wird jetzt zurück geschossen …«   Seite 9

1
»Pfarrers Kind und Müllers Vieh geraten selten oder nie«– der Vater   Seite 11
Soldat – Erfinder – Redakteur

2
»Jungs, ich warne Euch, heiratet niemals eine Berlinerin!«   Seite 16
Hefter-Würstchen – »So ein unverschämter Kerl« – Heirat – Freundin Inge

3
Piefke und Dicker in Berlin   Seite 24
Erziehung – Aufklärung – Verdunkeln – Luftschutzübungen und Gasmaske –
Helmuth in der Schule – Bolle – In Trebnitz bei Tante Hanne – Fernsehen

4
»Alfred hat ein bisschen Krieg gespielt …«   Seite 41
Teltow – Vater zieht in den Krieg … – … und gerät in Lebensgefahr

5
»Totaler Krieg« in Berlin   Seite 46
Mit Helga Goebbels in der 3. Klasse – Winterhilfswerk und Eintopfsonntag –
Teddynäherei – Juden – Kohlenklau, Feind hört mit und Räder müssen rollen
für den Sieg – Pimpf – Der Fall von Stalingrad – Die Familie wird evakuiert

6
Hohenpeißenberg in Oberbayern   Seite 58

Der Hubertushof – Scharlach in Berlin – Familie Ristow auf dem Hubertushof – Heuernte in Oberbayern – In der Zwergenschule – Kräuter sammeln für den Endsieg – Verbotene Spiele – Angst vor englischen Gemeinheiten – Oberschule

7
Helmuth im Internat   Seite 80

Non scholae sed vitae discimus – Watschenpädagogik – »Die Geiß« – Völkische Erziehung? Nicht im Landheim – Sport – Kriegseinsatz – Hopfenzupfen – Volkssturm und Panzersperren – Ende des Schulbetriebs – Fahrradtour nach Schondorf

8
Das Kriegsende auf dem Hohenpeißenberg   Seite 97

Vaters Rückzug aus Frankreich – Tante Inges Angst um Mann und Vater – Erste Mangelerscheinungen – Wen der Krieg so auf den Hof spült – »Genießt den Krieg, Leute, der Frieden wird fürchterlich werden« – Holzvergaser – Rückzug des Vaters in die »Festung Alpen« – Tieffliegerangriffe – Die 5e halten dem 4er die 3e – Handgranaten zum Ersten – Albert Hilger van Scherpenberg kehrt zurück – Amerikanische Artillerie beschießt den Berg – Einnahme des Hubertushofes durch die Amerikaner

9
Nachkriegszeit   Seite 118

Schon wieder Handgranaten – Plünderungen – Flüchtlinge – Franzosen kommen und gehen — »This man is o. k.« – Rückkehrer – Muttis Zukunftssorgen

10
Helmuth zurück ins Landheim Seite 129
Wiederaufnahme des Schulbetriebes – Sunt pueri pueri ... – Suche nach
Lebensmitteln – Detektor-Radio – Schülerurteile – Demokraten

11
Vater Ristow kommt wieder nach Hause Seite 137
Prisoner of war – Aufbau einer neuen Existenz

12
Klaus muss ins Internat Seite 143
Garmisch – Zugspitze, Kreuzeck usw. – Völkerball – Umzug nach Karlsruhe

13
Nachwort: Was ist aus ihnen geworden? Seite 147
Der Vater – Die Mutter – Der Betrieb in Teltow – Schwester Bärbel – Bruder
Klaus – Bruder Helmuth – Konfirmation in Karlsruhe-Durlach

Dank Seite 154

»Wenn die letzten Zeitzeugen gestorben sind, dann ist es Geschichte. Bis dahin ist es ein Leben.«

(Nigola Förg, Scheunenfest, München 2014)

Einführung
»Seit 5 Uhr 45 wird jetzt zurück geschossen ...«[1]

Am 1. September 1939 war die Familie Ristow verreist, allerdings ohne Vater Ristow, der sich um seinen Betrieb kümmern musste. Mutti Ristow war mit ihren Söhnen Klaus und Helmuth sowie der Friedel, dem Dienstmädchen aus Schlesien, in ein Ferienhaus in der Mark Brandenburg gezogen. Das Ferienhaus gehörte zum Gut Gühlen, Eigentum des damaligen Reichsbankpräsidenten Dr. Hjalmar Schacht. Gühlen liegt am Gudelacksee bei Lindow in der Mark, ungefähr eine Autostunde nord-westlich von Berlin.

Klaus und Helmuth 1940 in Berlin

Die Jungen standen abends mit der Friedel oben im Bad, die versuchte, sie zu waschen und aufzupassen, dass sie sich die Zähne ordentlich putzten. Sie krochen aber lieber auf dem Boden herum, drehten sich auf den Rücken und versuchten, ihr unter den Rock zu gucken. Sie hatten darüber, was es da eventuell zu sehen gab, einen Tipp bekommen. Auf einmal rannte ihre Mutter ganz aufgeregt die Treppe hoch und stürzte in das Badezimmer. Die Jungen dachten schon, sie sei wegen ihrer etwas unbeholfenen Aufklärungsversuche ärgerlich

---

1 In Wirklichkeit wurde ab 4:45 Uhr »zurück geschossen«, bei seiner Rede vor dem Reichstag sagte Hitler versehentlich 5:45 Uhr.

und würde gleich schimpfen. Sie aber sagte nur: »Wir müssen doch verdunkeln. Seit heute ist Krieg.«

So erlebten die beiden Brüder den Beginn des zweiten Weltkriegs.

»Ich bin ein kindlicher Zeitzeuge der letzten Kriegsjahre« hatte der ehemalige Erste Bürgermeister der Hansestadt Hamburg, Hans Ulrich Klose (Jahrgang 1937), bei seiner Abschiedsrede im Bundestag gesagt. Der Begriff hat dem Autor so gut gefallen, dass er ihn als Titel für diese kleine Schrift gewählt hat. Sie erzählt die Geschichte, wie zwei Berliner Jungen der Jahrgänge 1933 und 1934 zwischen ihrem vierten und elften Lebensjahr den Zweiten Weltkrieg erlebt haben. Er sollte 2073 Tage andauern.

Ascona und Karlsruhe, den 12. Juni 2015
Helmuth Ristow

1
»Pfarrers Kind und Müllers Vieh geraten selten oder nie«– der Vater

(Ostpreußische Weisheit)

Soldat

Alfred Oskar Waldemar Ristow, der Vater, wurde am 21. Januar 1897 in Neumark, Kreis Preußisch-Holland, in Ostpreußen geboren. Dessen Vater Oskar Ristow war Pfarrer in Powunden. Alfred hatte eine ältere Schwester, das war die Tante Alice, und eine jüngere Schwester, Tante Ingar.

Tante Alice war mit Werner Contag verheiratet, der Stadtbaumeister in Eberswalde bei Berlin war. Sie hatten einen Sohn Jürgen und eine Tochter Erika, mit denen Klaus und Helmuth weniger Verbindung hatten, vor allem weil sie sehr viel älter waren und auch weiter weg wohnten. Onkel Werner und Tante Alice hatte es nach dem Krieg nach Minden verschlagen, Jürgen und Erika nach Düsseldorf und Münster.

Viel mehr Kontakt gab es zu den vier Töchtern von Tante Ingar und ihrem Mann, Onkel Walter Volk, die nach dem Krieg von Berlin nach Mannheim gezogen waren. Das war nur ein Katzensprung von Karlsruhe entfernt, wo die Familie Ristow ihre neue Heimat gefunden hatte. Weniger mit Waltraud und Elisabeth als vielmehr mit Brigitte (Jahrgang 1933) und Annemie (ein Jahr jünger) haben sie viele schöne Stunden verbracht. Der Vater hat immer gesagt, die ersten »Klimmzüge der Liebe« macht ein junger Mann bei seinen Cousinen. Und tatsächlich waren Brigitte und Helmuth einmal sehr verliebt ineinander. Das war so offensichtlich, dass Tante Alice Mutter Ristow ansprach, sie sollte die beiden doch heiraten lassen! Was die kluge Mutter empört ablehnte, denn dass Cousin und Cousine heirateten, das kam nach ihrem Verständnis überhaupt nicht infrage.

Aber zurück zum Vater. 1914, als der erste Weltkrieg ausbrach, war er ein 17-jähriger Gymnasiast in Königsberg und wie die meisten Gleichaltrigen scharf darauf, sich als Kriegsfreiwilliger zur Truppe zu melden. Im Kern wurde die Kriegsbegeisterung vor allem von einigen Schichten getragen: Studenten, Professoren und Anhängern der national-liberalen und patriotischen Parteien. Obwohl gerade erst von einer Blinddarmentzündung genesen, rannte Alfred von Bezirkskommando zu Bezirkskommando und war todunglücklich, dass er bei den ersten beiden nicht zur Musterung angenommen wurde. Schließlich landete er doch bei einem neu geschaffenen Nachrichtenbataillon, das ihn am 8. August 1914 einstellte. Bei den Berufssoldaten hießen die Freiwilligen nur die Kriegsmutwilligen, die von ihnen zu den schwersten Arbeiten heran gezogen wurden. Nach dem Motto: »Ihr wollt doch den Krieg! Dann könnt ihr auch die Balken für den Bunkerbau ranschleppen. Aber bitte ein bisschen dalli!« Und die Ausbilder verstiegen sich schon einmal zu der Feststellung: »Ihnen hat man wohl ins Hirn geschissen und vergessen umzurühren.« Das empfand der Vater, wie er seiner Familie Jahrzehnte später erzählte, als ausgesprochen ehrenrührig. Er kam zur Fernsprech-Abteilung Antwerpen, also nach Flandern an die Westfront. Und die Nachrichtentechnik sollte seinen ganzen späteren Lebensweg bestimmen.

Aus dem Krieg kam er – dreimal verwundet und einmal verschüttet – 42 Monate später als Leutnant und mit dem Eisernen Kreuz I. Klasse ausgezeichnet zurück. Sein Hauptmann im Nachrichten-Bataillon 1 bescheinigte ihm im Dienstleistungs-Zeugnis, dass er »trotz seiner Jugend klar, zielbewusst und energisch« sei, und dass er sich »die Achtung und Zuneigung seiner Vorgesetzten, Kameraden und Untergebenen« verschafft habe. 1919 wurde er Leutnant der Sicherheitswehr Ostpreußen, 1924 Lehrer an der Höheren Polizeischule Eiche und 1925 Leiter der Fernmelde-Versuchsabteilung am Polizei-Institut für Technik und Verkehr in Berlin. Nebenbei studierte er Volkswirtschaft in Königsberg und Berlin und machte seinen Doktor mit einer Dissertation über »Die Funkentelegraphie, ihre internationale Entwicklung und Bedeutung«.[2]

---

2 Verlag Emil Ebering, Berlin 1927.

Erfinder

1926 und 1928, inzwischen zum Polizeihauptmann befördert, machte er zwei Erfindungen auf den Gebieten Fernsteuerung von Funkanlagen und Funkschaltung. Zu dieser Zeit war es unmöglich, hochwertige Funkempfänger in der Stadtmitte von Berlin aufzubauen, weil jeglicher Funkverkehr nur gestört ankam. Es gab damals noch kein UKW, also Ultra-Kurz-Welle. Dies galt auch für die Polizeihauptfunkstelle am Alexanderplatz. Die Polizei war also gezwungen, die Funk-Empfangsanlagen außerhalb des Stadtkerns aufzustellen, und zwar in Orte, in denen der Empfang störungsfrei ankam, zum Beispiel in Reinickendorf oder Lichterfelde. Die Verbindung zum Polizeipräsidium erfolgte von dort aus über Telefonleitungen; heute würde man »über das Festnetz« sagen. Wenn die Empfänger nicht richtig eingestellt waren und die Funksprüche bei der Hauptfunkstelle nur verzerrt ankamen,

Polizeihauptmann Ristow vor seiner Erfindung
Aufnahme: Bildstelle des Polizeiinstituts für Technik und Verkehr, August 1928.
(Bundesarchiv 102-06473)

musste man mit Reinickendorf oder Lichterfelde telefonieren und das dortige Bedienpersonal bitten, den Knopf mit dem Drehkondensator etwas weiter nach links oder nach rechts zu drehen, bis der Empfang wieder stimmte.

Ristows Erfindung löste das Problem mit einem über die Telefonleitung ferngesteuerten Resonanzrelais. Seit November 1927 lief die Anlage zwischen dem Alexanderplatz und dem 12 km entfernten Lichterfelde störungsfrei. Bei der Funkausstellung 1928 in Berlin wurde das Gerät auf dem Stand der Polizei vorgeführt. Der Anlage war in der Ausstellung ein erklärender Text beigefügt:

> »Weit außerhalb Berlins ist eine derartige Empfangsanlage aufgebaut, die vom PP aus bedient wird. Keinerlei Personal wird mehr zur Bedienung dieser Empfangsstelle verwendet.«

Tatsächlich war das patentierte Gerät in der Lage, nicht nur die Abstimmung vorzunehmen. Sie schaltete auch das Licht ein/aus sowie die Antenne und die Erdung. Dadurch wurden nicht nur vier Beamte eingespart, sondern es entfielen auch die ständigen Telefonate mit der Bitte um Korrektur der Einstellungen.

Die eingangs zitierte ostpreußische Weisheit lautet vollständig:

> *»Pfarrers Kind und Müllers Vieh*
> *geraten selten oder nie –*
> *wenn es doch einmal gerät,*
> *ist's von höchster Qualität.*

> Oder auch:
> *Wenn sie doch einmal geraten,*
> *spricht die Welt von ihren Taten.«*

Der Vater schrieb in seiner Festschrift zum 25-jährigen Firmenjubiläum 1956, dass ihn dies tatsächlich für einige Tage berühmt gemacht hätte. Zwar nicht in der Welt, aber in Deutschland. Alle Zeitungen berichteten über seine Erfindungen. Die Jungs bekamen jedes Jahr ein »Durch die weite Welt« geschenkt, ein Jahrbuch für Jungen mit allerlei interessanten Geschichten. Wie stolz waren sie, als sie später einmal eine Ausgabe von 1928 in die Hände bekamen, die einen Bericht über ihren Vater enthielt, mit Foto! Und als die Buben hörten, dass ihr Vater Erfinder war, machten sie sich sofort daran, auch etwas zu erfinden. Helmuth konstruierte auf dem Papier eine Stirnleuchte für Bergleute unter Tage, damit sie die Hände frei haben (eine sensationelle Neuheit, von der noch nie jemand zuvor etwas gehört hatte), und Klaus sagte ganz traurig: *Schade, dass die Nähmaschine schon erfunden wurde, sonst hätte ich das doch tun können.*

Dr. Alfred Ristow verkaufte sein Patent an die Firma Lorenz AG, die gleiche, die später in der Firma Standard Elektrik Lorenz AG. (SEL) aufging. (1959, also fast 30 Jahre später, hat Helmuth bei der SEL in Stuttgart-Zuffenhausen als Praktikant gearbeitet.) Als Lorenz die Fabrikation dieser Geräte im Krisenjahr 1931 einstellen musste, kaufte der Vater die Erfindung zurück und machte sich im Mai 1931 selbständig. Er betrieb zunächst ein Sachverständigenbüro für Fernmeldetechnik. Die Rufzeichenliste des Reichspostzentralamts vom 1. Mai 1935 weist für Dr. A. Ristow, Grunewald, Trabener Straße 29 a, eine Genehmigung für private Funkanlagen aus.

Am 19. Dezember 1931, kurz vor seinem 35. Geburtstag, heiratete er Ursula Hefter aus Berlin.

Redakteur

Im Jahr 1931 erschien auch die erste Ausgabe der von ihm herausgegebenen Monatsschrift »*Draht und Äther*«, die es bis 1938 gab. 1933 bat der Verlagsleiter den Vater, sich als Herausgeber des kritischen Wochenspiegels »*Blick in die Zeit*« zur Verfügung zu stellen. Diese Zeitschrift war die Idee von ehemaligen Gewerkschaftsfunktionären und Sozialdemokraten, nachdem die SPD- und Gewerkschaftspresse verboten worden war. *Blick in die Zeit* bestand ausschließlich aus Pressestimmen des In- und Auslands zu Politik, Wirtschaft und Kultur. Da seinerzeit noch englische und französische Tageszeitungen in Deutschland zugelassen waren, war es interessant, deren Kommentare zu den gewaltigen politischen Ereignissen, die in Deutschland stattfanden, nebeneinander zu stellen, vor allem neben den Berichten der deutschen Zeitungen. Beispielsweise über den Reichstagsbrand in der Nacht vom 27./28. Januar 1933 und den Prozess gegen den Holländer Marinus van der Lubbe. Oder den Röhm-Putsch. Am 16. Juni 1933, vier Tage nach Helmuths Geburt, die Mutter lag noch im Wochenbett, präsentierte er ihr stolz die erste Ausgabe. Pro Auflage wurden bis zu 100.000 Exemplare über alte gewerkschaftliche Kontakte vertrieben. Es war klar, dass die Nazis sich eine solche Zeitung nicht lange gefallen lassen würden. Im August 1935 wurde sie verboten.

2

»Jungs, ich warne Euch, heiratet niemals eine Berlinerin!«

Hefter-Würstchen

Anna und Carl Hefter, die Großeltern mütterlicherseits von Klaus und Helmuth, in den 1930er Jahren in Bad Tölz.

Mutter Ristow, Jahrgang 1903, verblüffte ihre Gesprächspartner immer wieder mit dem Satz: *Ich habe zwei Weltkriege erlebt und in meinem ganzen Leben nicht eine einzige Nacht schlecht geschlafen!* Das galt selbst für die Zeit von 1939 bis 1946, als ihr Mann erst als Offizier eingezogen und dann Kriegsgefangener der Amerikaner war, als sie monatelang nicht wusste, wo er steckte und ob er überhaupt noch am Leben war. Aber der Reihe nach.

Ursula Dorothea Margarethe Hefter kam am 27. Dezember 1903 als vierte Tochter von Carl Hefter und seiner Frau Anna, geb. von Salewski, in Berlin zur Welt. Ihr Vater war einer der vier Söhne des in Berlin in den Gründerjahren zu Geld und Ansehen gekommenen Johann Carl August Hefter (1828–1910) und seiner Frau Sophie. Er war Ehrenmeister der Berliner Fleischerinnung

Anna und Carl Hefter Weihnachten 1933 mit ihren vier Töchtern und drei Schwiegersöhnen. Stehend von links: Charlotte Hefter, Dr. Paul Hufenbecher, Sofie und Julius Wilm. Sitzend v.l.: Unbekannt, Annemarie Hufenbecher, Ursula und Dr. Alfred Ristow, Anna und Carl Hefter.

und Königlicher Hoflieferant. Seine Frau stammte aus der elsässischen Gemeinde Wasselonne[3], war also Französin gewesen. Hefter hatte die Frankfurter Würstchen in Berlin eingeführt und insbesondere »Kaisers Jagdwurst« hergestellt. Von sich reden machte er das erste Mal, als in den 1870er Jahren die neu eingerichtete, hochmoderne Gasbeleuchtung in seinem Geschäft in der Leipziger Straße eine Explosion verursachte, bei der die Schaufensterscheibe zu Bruch ging. In der Folge stiegen die Umsätze in dem Geschäft stetig, und August Hefter brachte es in Berlin zu beachtlichem Wohlstand. *Hefter* wurde zu einem Qualitätsbegriff, und die Hefter-Würstchen in ganz Berlin berühmt. Da Helmuth sich als Kind aus Würstchen überhaupt nichts machte, sagte seine Mutter, er könne unmöglich ihr Sohn sein.

3 Deutsch Wasselnheim, 25km von Strasbourg entfernt

Ursulas drei ältere Schwestern waren Sofie Wilm-Hefter, genannt Tante Soscha, die unverheiratete Charlotte Hefter – genannt Tante Lotte – und Annemarie Hufenbecher, die Tante Annemarie (1899–1987).

Tante Soschas Ehe mit dem Juwelier Julius Wilm wurde geschieden. Sie hatten einen Sohn Heiko, Jahrgang 1918, der den Russlandfeldzug als Kommandant eines »Tiger-Panzers« mitgemacht hatte und verwundet aus dem Feld zurück gekommen war.

Tante Lotte arbeitete während des Krieges bei Canaris und war in Tanger/Marokko stationiert. Von dort aus schickte sie regelmäßig Kisten mit Südfrüchten, zum Beispiel köstliche Mandarinen, nach Berlin. Wenn ihre Schwester Ursula ihr einen Brief schrieb, durfte sie ihn nicht einfach zukleben und in den Briefkasten werfen. Sie musste ihn im offenen Briefumschlag zur Post bringen und persönlich am Schalter abgeben. So lernten auch ihre Söhne früh die Zensurbestimmungen kennen.

Mit ihrer Schwester Annemarie, die die hübscheste von den vier Mädels war, verstand sich Ursula Ristow am besten. Tante Annemarie war mit Dr. jur. Paul Hufenbecher (1888–1961) verheiratet. Er war Syndikus beim Verband der Automobilindustrie und Burschenschafter. Onkel Paul und Tante Annemarie hatten drei Söhne, Hans (1929), Gerhard (1930) und Wolfgang (1935).

Diese vier Schwestern, die 1939 noch in Berlin gewohnt hatten, wurden 1945 zunächst in alle vier Winde zerstreut. Soscha, Lotte und Ursula nach Bayern, Hufenbechers nach Prisdorf bei Pinneberg in Schleswig-Holstein. Aber alle überlebten den Krieg und die Nachkriegszeit wohlbehalten, von der einen oder anderen wird später noch die Rede sein.

1931 hatte Ursula als 27-Jährige ihren späteren Mann Dr. Alfred Ristow kennen gelernt. Es war bei einem Faschingsball, auf dem beide ein Monokel trugen und sich sofort sympathisch fanden. Alfred war in der Tat Monokelträger, bei ihr gehörte es nur zum Faschingskostüm.

So ein unverschämter Kerl ...
Ursula berichtete später einmal, dass Alfred ihr schon am ersten Abend einen hanebüchenen Witz erzählt habe, den sie aber nicht gleich verstand: War einmal ein junger

Mann, der schenkte seiner Auserwählten zu Weihnachten einen Seidenstrumpf, aber nur einen. Den anderen bekam sie Silvester. Darauf schrieb sie ihm ein Dankeskärtchen mit den Worten: »Besuch' mich mal zwischen den Feiertagen …«

Als Ursel vom Faschingsfest nach Hause kam, sich auszog und ins Bett ging, kapierte sie den Witz endlich und schimpfte laut: »So! Ein! Un! Ver! Schäm! Ter! Kerl!« Das war der Beginn einer wunderbaren Beziehung, die allerdings wegen des frühen Todes von Alfred nur 29 Jahre andauerte.

Heirat

Am 19. Dezember 1931 fand die Hochzeit statt. Aber die Hochzeitsreise bei Eis und Schnee an den Rheinfall von Schaffhausen hätte sehr schnell ein Reinfall sein können. Nicht weil Ursula im Auto einen seidenen Schlüpfer fand. Den hatten Alfreds Freunde ihm vor der Abreise heimlich in das Handschuhfach gesteckt. Sie identifizierte ihn sofort als »frisch aus dem Laden und noch nie getragen«. Mit solchen Mätzchen konnte man sie nicht überrumpeln. Nein, schlimmer war, dass Ursula am Steuer mit dem Auto gegen einen Baum rutschte, wodurch ihr frischangetrauter

Alfred und Ursula Ristow auf der Hochzeitsreise im Dezember 1931. Irgendetwas muss hier kaputt gegangen sein.

Ehemann mit dem Kopf gegen die Windschutzscheibe stieß und heftig zu bluten anfing. Gott sei Dank war es aber nur eine kleine Platzwunde. Sie zierte allerdings seine Stirn das ganze weitere Leben lang. Fast wie bei Gorbatschow.

Ursula Ristow war eigentlich eine ausgezeichnete Autofahrerin. Viele Jahre später fuhr sie mit ihrem Mann über den Gotthard-Pass. Sie fuhr die 32 Spitzkehren so zügig, dass sie – als sie oben auf der Passhöhe angekommen war und kurz

Hier hat jemand vergessen, den Film vor der nächsten Aufnahme weiterzudrehen! Ursula hat dieses Foto immer «Mein Schicksal steht hinter mir» genannt. (Aufnahme von Vater und Mutter Ristow aus den 1930er Jahren.)

anhielt, damit der Wagen sich abkühlte – von einem Herrn aus dem Wagen hinter ihr angesprochen wurde: *Gnädige Frau, ich muss ihnen ein Kompliment machen. Sie sind hervorragend gefahren!* Ihr Sohn Klaus, der später ebenfalls ein sehr guter Autofahrer wurde, der zügig aber sicher fuhr, muss das eher von seiner Mutter als von seinem Vater geerbt haben.

Ursula war eine echte Berlinerin und überraschte ihren Mann immer wieder mit ihrer frechen »Berliner Schnauze«. Sie hatte Mutterwitz, und der Vater war stolz auf sie. Wenn sie ihn wieder einmal durch einen ihrer blitzschnellen Konter verblüfft hatte, sagte er zu seinen Söhnen: *Jungs, ich warne euch, heiratet niemals eine Berlinerin!* Daran haben sie sich auch gehalten. Das Familienleben war harmonisch, und der Vater auch nicht ohne Witz. Immer wieder betonte er, wie sehr er die Ägypter für eine ganz bedeutende Sache bewunderte: Sie hätten das Bett erfunden! Zum Geburtstag bekam er ein Glas Badesalz geschenkt und wusste erst gar nicht, was das war. *Das tut man ins Badewasser, damit man besser riecht*, erklärte die Mutter. Vati öffnete das Glas, steckte seine Nase hinein, roch daran und fragte: *Pfui! So soll ich stinken?* Die Buben kringelten sich vor Vergnügen auf dem Fußboden. Klaus freute sich dagegen weniger, wenn sein Vater den blöden Satz zitierte: *Klaus, lass die Hühner raus.* Warum der sich darüber jedes Mal so aufregte, weiß eigentlich keiner. Und keiner weiß, was daran eigentlich so witzig war.

Mutti war sehr kurzsichtig und deshalb Brillenträgerin. Anders kannten ihre beiden Söhne sie gar nicht. Als sie noch kleiner waren und samstags nach dem wöchentlichen Bad von ihr abgerubbelt wurden, konnte es passieren, dass sie dabei so herum fuchtelten, dass ihr die Brille von der Nase fiel. Auf einmal sah sie ganz anders aus, als sie sie kannten. Dann bekamen sie einen Schreck vor der fremden Frau und fingen an zu heulen. Eines Tages, als ihr Mann abends nach Hause kam, hatte sie auch keine Brille auf. Die Frage, ob ihm an ihr etwas auffiele, brauchte sie gar nicht zu stellen. Denn er fragte gleich, ob sie überhaupt noch jemanden erkennen könne, und vor allem ihn. Da klappte sie mit einem Zeigefinger ein Augenlid nach oben, nahm in die andere Hand einen kleinen Teelöffel und tippte mit der Löffelspitze auf ihren Augapfel. Es klang, als ob sie auf Glas geklopft hätte. Tatsächlich waren das ihre ersten Kontaktlinsen – damals noch aus geschliffenem Glas.

Vater Ristow konnte manchmal ganz schön den Hausherrn heraushängen. Eine Cousine, die zu Besuch kam und mit den Eltern frühstückte, erzählte ihren Eltern ganz entsetzt, dass ihr Onkel Alfred sich, statt mit den Damen Konversation zu treiben, hinter seiner Zeitung vergraben hätte. Aber nicht nur das: wenn seine Kaffeetasse leer war, zeigte er nur, ohne ein Wort zu sagen, mit dem Zeigefinger in die leere Tasse und deutete Tante Ursel damit seinen Wunsch an, dass sie wieder nachgieße. Heute sagt man »Machogehabe« dazu.

Vater hat, wenn er Wein trank, sein ganzes Leben lang nichts anderes als Moselwein getrunken, vom Weingut Richard Richter aus Winningen. Schön süß nach unserem heutigen Geschmack. Seinen Ältesten einfach in den Keller schicken mit dem Auftrag, eine Flasche Wein für ihn herauf zu holen, wollte er nicht. Obwohl er sehr streng sein konnte und dies einfach hätte befehlen können. Er löste das diplomatischer und ernannte Helmuth zum Kellermeister. Dieses verantwortungsvolle Amt führte er natürlich jederzeit freudig aus.

Mutti war auch diplomatisch. Wenn sie Angst hatte, dass ihr Mann ihren Geburtstag oder den Hochzeitstag vergessen könnte, sagte sie zu den beiden Jungs: *Bittet mal Euren Vater um etwas Geld. Und wenn er wissen will, wofür ihr das braucht, dann sagt, ihr wollt der Mutti zum Geburtstag (oder zum Hochzeitstag) einen schönen Blumenstrauß schenken.* So gab es an diesen Tagen nie lange Gesichter. Und die 8- und 9-jährigen Drei-Käse-Hochs schenkten ihr 1942 zum Geburtstag ein Gedicht, das so anfing: *Mutti wird heute neunundreißig, und sie war immer sehr fleißig.* Na ja, gereimt hat es sich ja. Aber beim Versmaß gab es noch Verbesserungsmöglichkeiten.

Freundin Inge

Ursula Ristow hatte eine Schulfreundin, Inge van Scherpenberg. Sie war die Tochter von Dr. Hjalmar Horace Greely Schacht (1877–1970), der von 1923–1930 und dann noch einmal von 1933–1939 Reichsbankpräsident war. Jeder Geldschein trug seine Unterschrift, und die Jungs waren von der Vorstellung fasziniert, was dieser Mann für eine gewaltige Arbeit geleistet haben musste, alle diese Scheine einzeln zu unterschreiben. Vor allem Helmuth erinnert sich an die imposante Erscheinung seines Patenonkels sehr gut. Wie er in Gühlen in Begleitung seiner Entourage über den Gutshof stolzierte, in der rechten Hand einen Spazierstock, den er bei jedem Schritt mit lässiger Eleganz um das Handgelenk kreisen ließ.

Ursula Ristow 1931 (links im Hintergrund) bei der Taufe von Harald, dem ältesten Sohn von Inge und Dr. Hilger van Scherpenberg.

Die Freundschaft zwischen Inge und Ursula hielt ihr ganzes Leben lang. Für Hjalmar Schacht hatte Ursula vor ihrer Verheiratung als Sekretärin gearbeitet und vor allem das Manuskript seines Buches »*Das Ende der Reparationen*«[4] getippt. Davon zeugt ein handschriftlicher Eintrag in dem ihr gewidmeten Exemplar:

Dankbar geb' ich Nummer »sieben«,
der, die dieses Buch »geschrieben«;
wie's entstand und wie's geschah,
weiß allein die Ursula.

Die Männer hatten die Mutter im Verdacht, dass sie sich in Hjalmar Schacht, der ein *homme à femmes* war, ein wenig verliebt hatte. Immerhin wurde er – warum auch immer – Helmuths Patenonkel. Andererseits wurde Tante Inge Klaus' Patentante, und Ursula wiederum die von Tante Inges Tochter Helga.

Die Familie van Scherpenberg hatte in den Dreißigerjahren die Pension Hubertushof auf dem knapp 1000 m hohen, im Voralpenland gelegenen Hohen Peißenberg erworben, direkt gegenüber dem Wettersteingebirge.
Dieser Hof sollte für die Familie Ristow in den kommenden Jahren, von 1943 bis 1947, eine wichtige Rolle spielen.

---

[4] Hjalmar Schacht, Das Ende der Reparationen, Oldenburg i. O., 1931.

3

Piefke und Dicker in Berlin

Das Elternhaus in Berlin-Zehlendorf-West, Wolzogenstraße 14. Das Haus steht heute noch.

Helmuth war am 12. Juni 1933 in Berlin-Dahlem zur Welt gekommen, der eineinhalb Jahre jüngere Klaus am 6. November 1934 in Berlin-Charlottenburg. Die Mutti nannte Helmuth »Piefke« und Klaus »Dicker« 1936 hatten die Eltern das Haus Wolzogenstraße 14 in Berlin-Zehlendorf-West gekauft. Ein prominenter Nachbar war der Schauspieler Hans Söhnker, der ein paar Häuser weiter wohnte. Wenn sein Neffe abends von der Arbeit kam und bei den Buben vorbeilief, musste er anhalten und seinen Bizeps vorzeigen. Der war beachtlich und imponierte den Jungs so sehr, dass sie sich wünschten, auch einmal solche Muskeln haben zu wollen.

Helmuth war Ostern 1939 als Fünfjähriger eingeschult worden, war also bei Kriegsbeginn sechs Jahre alt. Klaus war vier. Zunächst hatte sich in ihrem Leben nicht sehr viel geändert. Wenn man davon absah, dass der Vater in den Krieg gezogen war, die Lebensmittel rationiert wurden und peinlich genau darauf geachtet werden musste, erst zu verdunkeln, ehe man abends im Haus Licht machte.

Erziehung

Mutter Ristow machte das, was Millionen von Müttern auf der Welt tun, um ihre Brut aufzuziehen und zu selbständigen Wesen zu entwickeln. Sie zeigte ihnen, wie man Schnürsenkel bindet, lehrte sie das Fahrradfahren (nach Roller und Tretroller), brachte sie ins Stadtbad, damit sie Schwimmen lernten, und sorgte dafür, dass sie ohne ihre Hilfe auf die Toilette gehen konnten. Das kleine Geschäft hieß bei ihnen Ling-Ling, das große Ba-Bá. Mit der Betonung auf der zweiten Silbe. Ba-Bá hat nichts mit dem Holzfäller Ali Baba zu tun, der die 40 Räuber zur Strecke gebracht hat. Während Ling-Ling noch recht einfach war, mussten sie lernen, sich bei Ba-Bá den Po selbst abzuwischen: zwei Blättchen nehmen, zusammenklappen, abwischen, nochmals zusammenfalten und noch einmal wischen. Und dann an der Kette ziehen, um die Wasserspülung zu betätigen. Denn wie sagte Frau v. Pappritz, die ein Benimmbuch – allerdings erst nach dem Krieg – geschrieben hatte: »Etikette nicht vollzogen, eh die Kette nicht gezogen ...«

War da nicht noch etwas?

Richtig, die Erwachsenen schlossen immer die Tür hinter sich zu, wenn sie auf die Toilette gingen. Die Kinder machten zwar die Tür zu, schlossen aber nicht ab. Bruder Klaus telefonierte auf der Toilette immer ausführlich mit dem Führer, wobei er sich den Porzellangriff der Kette, mit der man die Spülung auslöste, als Telefonhörer ans Ohr hielt. Einmal wollte es auch so machen wie die Erwachsenen, er schloss die Tür hinter sich ab. Nachdem das Telefonat mit dem Führer beendet war, er sein Geschäft verrichtet und ordentlich die Etikette vollzogen hatte, fing er fürchterlich an zu schreien: Er kriegte die Tür nicht wieder auf, weil er nicht schnallte, dass der Riegel jetzt in der entgegen gesetzten Richtung herum gedreht werden musste. Was tun? Das Toilettenfenster konnte man zwar öffnen, aber ein schmiedeeisernes Gitter verhinderte den Ein- und Ausstieg. Seine Mutti und Ea, das Kindermädchen, lösten das Problem. Sie holten aus dem Garten eine Harke, steckten sie durch das Fenster bis zur Tür und drehten dann den Riegel damit vorsichtig links herum, bis er die Tür freigab.

Eines Tages schnappte Klaus beim Spielen mit anderen Kindern ein ganz dolles Wort auf und gab es daheim zum Besten: *Arschloch!* Aber als seine Mutti ihn fragte, ob er denn wisse, was das sei, musste er passen. *Das ist das Loch in deinem Po,* erklärte sie ihm, *im übrigen sagt man so etwas nicht, und ich will das auch nicht wieder hören!* Wahrscheinlich hatte Klaus das von Wolfgang Behling oder dessen Bruder übernommen, Söhnen eines Hausmeisterehepaars, die am Bahnhof Zehlendorf-West (heute Mexikoring) wohnten. Wolfgang hatte auch erzählt, dass sich sein Vater jeden Abend vor dem Schlafengehen *ein Säckchen um das Piepel binden* würde. Welchem Zweck das diente, wusste er nicht zu sagen. Klaus und Helmuth haben auch nicht gefragt. war. Darauf untersagte Mutti Ristow ihren Jungs das Spielen mit den Behlings. Die konnten ja nicht einmal das Wort *Drogerie* richtig aussprechen, sie sagten immer *Droscherie*.

Überhaupt legte Mutter Ristow großen Wert darauf, dass ihre Jungs nicht »berlinerten«. Von damals stammt der Spruch:

Icke, dette, kiekemal,
Oojen, Fleesch und Beene.
Nein, mein Kind, so heißt das nicht:
Augen, Fleisch und Beine.

Worauf prompt die Replik kam: *Nee, meine Mutter, so heeßt det nich: Oojen, Fleesch und Beene.*

Ursula Ristow bildete sich tatsächlich ein, lupenreines Hochdeutsch zu sprechen. Als sie später in Karlsruhe wohnte, schüttelte sie nur ungläubig mit dem Kopf, weil das Deutsche dort in allen Gesellschaftsschichten mit – vorsichtig ausgedrückt – starkem alemannischen Akzent gesprochen wurde. *Das sei bei uns in Berlin nicht üblich gewesen,* sagte sie. Musste aber, als sie nach Jahren wieder einmal einen

Besuch in ihrer Heimatstadt machte, zugeben, dass ihre Berliner Verwandten genauso wenig Hochdeutsch sprachen wie die Karlsruher.

Mutter Ristow wusste auf alles eine Antwort! Wenn die Kinder beim Essen fragten, was das für eine Suppe war, die mittags auf den Tisch kam, dann lautete die Antwort entweder *Königinsuppe* oder *Mundmarschiersuppe*. Wenn man beim Spaziergang fragte, was das für Beeren waren, die da an den Büschen hingen, dann lautete die Antwort: *Das sind Vogelbeeren*. Im Wald, beim verhassten Pilze sammeln, wuchsen Beeren am Boden. *Mutti, was sind das für Beeren? Das sind Blaubeeren! Die sind aber ganz rot!? Ja, weil sie noch grün sind ...* (Alter Witz). – Wenn sie mal wirklich keine Antwort parat hatte, sagte einer der Jungs: *Siehste, Mutti, weißte nich*. Worauf sie regelmäßig zu antworten pflegte: *Als das bei uns in der Schule dran kam, war gerade Fliegeralarm.*

Das Kindermädchen Ea hieß eigentlich Erika, aber die Jungs hatten sie der Einfachheit halber umgetauft. Den Namen behielt sie bis in ihr hohes Alter. Klaus hatte sie, obwohl sie sehr streng war und die beiden sie deswegen nicht als »die liebe Ea« in Erinnerung hatten, 1984 eingeladen, seinen 50. Geburtstag mit ihm zu feiern. Von ihr lernten sie auch den Spruch:

Messer, Gabel, Schere, Licht
Ist für kleine Kinder nicht!

Tatsächlich bekamen die kleinen Jungs zum Essen weder Messer noch Gabel. Zur Taufe hatten sie zwar das komplette Besteck geschenkt bekommen, sogar mit ihrem Namen eingraviert. Aber benutzt wurde außer einem Löffel der Schieber. Die Familie saß um den runden Tisch im Esszimmer. Das Kindermädchen Ea und das schlesische Dienstmädchen Friedel mussten in der Küche essen. Wenn die Familie mit dem Essen fertig war, drückte die Mutter auf einen Klingelknopf, der in der Mitte des Tisches unter der Lampe hing. Auf das Klingelzeichen kam eines der Mädchen zum Abräumen herein. Mit Beginn des Krieges, als der Vater an die Front gezogen und die Ea auch weggegangen war, durfte Friedel mit an den großen Esstisch. Wo die Buben versuchten, ihr richtiges Deutsch beizubringen. Denn Friedel konnte das Wort »Soße« nicht aussprechen, sie sagte immer »Sohse«. Das ärgerte Klaus und Helmuth gewaltig. Sie rieten ihr, erst einmal die Silbe »So«

und dann die Silbe »ße« getrennt zu üben, und dann die beiden Silben zu einem Wort zusammen zu fügen. Es half alles nichts.

In dem von Ea stammenden Spruch kommt ja auch das Licht vor. Dazu sprach sie die Warnung aus: *Kinder, die tagsüber kokeln, machen nachts ins Bett!* Aber was nutzt das, wenn die Kinder trotzdem kokeln? Zum Beispiel der Klaus. Eines Tages kam sein großer Bruder Helmuth mittags von der Schule und ging durch den Garten durch die Hintertür ins Haus. Die stand den ganzen Tag offen, damit die Kinder nicht jedes Mal klingeln mussten, wenn sie ins Haus wollten. Helmuth war gerade in der Küche, als jemand an der Haustür klingelte. Was konnte das um diese Zeit sein? Er ging also nach vorne und machte die Tür auf. Und wer stand draußen? Sein kleines Brüderchen! Da musste etwas ganz außergewöhnliches passiert sein, sonst wäre er doch durch die unverschlossene Hintertür rein gekommen. Es war tatsächlich wichtig: *Helmuth, unterm Wintergarten brennt es!* Unter dem Wintergarten war ein Kellerraum, der nur vom Garten aus zugänglich war. Dort befanden sich außer den Gartengeräten leere Kisten, die mit Holzwolle gefüllt waren. Zusammen mit einem Nachbarsjungen – es war wohl der Heinz Röstel – hatte Klaus da pyrotechnisch experimentiert. Dann kam aber der Augenblick, als sie die Geister, die sie riefen, nicht mehr los wurden. Um Mutti davon in Kenntnis zu setzen, dass besondere Umstände vorlägen, hielt er es für besser, an der Vordertür zu klingeln. Damit unterstrich er auf dramatische Weise die Dringlichkeit seines Anliegens.

Also Mutti geweckt, die sich gerade zu ihrem kleinen Mittagsschlaf hingelegt hatte, die holte die Friedel aus der Mittagsruhe, und die beiden Frauen löschten das Feuer mit Wasser, das die Buben in Eimern anschleppten. Gefährlich war eigentlich nur die Rauchentwicklung, aber es ging alles gut. Die Feuerwehr brauchte nicht zu kommen. Während der Nachbarjunge und Helmuth sich aus dem Staub machten, wurde Klaus gebeten, ins Kinderzimmer mitzukommen. Aus dem kurz darauf klatschende Geräusche und jämmerliche Schmerzensschreie zu hören waren. Im Kinderzimmer hing immer ein Rohrstock. Man kann gegen die Prügelstrafe sagen, was man will. Aber es wurde nie wieder gekokelt. Alle Beteiligten waren sich einig darin, dass es ungerecht war, den Jungen aus der Nachbarschaft ungeschoren – sprich ungeprügelt – davon kommen zu lassen. Der schaute auch, dass er schnellstens Land gewann.

Ihre Vettern Hans und Gerhard Hufenbecher, die Söhne von Muttis älterer

Schwester Annemarie, konnten das auch, das Kokeln! In der Schule hatten sie einen Aufklärungsfilm gesehen, der sie eigentlich vor dem Spiel mit dem Feuer warnen sollte. Das genaue Gegenteil war der Fall. Denn am meisten hat ihnen imponiert, dass irgendwann ja die Feuerwehr kommt und alles rechtzeitig löscht. Das wollten sie genau wissen. Als sie eines Tages in ihrem Haus in der Herthastraße in Zehlendorf alleine waren, nahm Gerhard ein Streichholz, zündete eine Kerze an und stellte sie mit offener Flamme unter ein Sofa. Dann verließ er mit seinem Bruder das Haus und ging mit ihm auf die andere Straßenseite. Dort setzten sie sich auf den Bürgersteig, beobachteten das Haus und warteten auf die Feuerwehr. Wie es ihnen danach erging, ist nicht überliefert. Nur, dass Gott sei Dank nicht viel passiert ist.

Aber der Helmuth war auf seine Weise auch nicht besser. Er hat mit dem Fuchsschwanz aus dem frisch erworbenen Werkzeugkasten die Hausecken angesägt; oder – noch schlimmer – nach Ostern den kurz vor der Blüte stehenden Pfingstrosen fein säuberlich die Knospen abgedreht. Die Mutti hat ihm die Ohren lang gezogen. Schlimmer aber war es eigentlich, wenn sie mit einem nassen Scheuerlappen ausgeholt und ihren Söhnen um die Ohren geklatscht hat. Das tat nicht nur weh, sondern war auch demütigend. Heranwachsende Männer mit Weiberzeug zu schlagen …

Aufklärung

Eines Tages wurden Klaus und Helmuth von Vater und Mutter gebeten, in Vaters Arbeitszimmer zu kommen. Sicherheitsinstruktionen. Es wurde ihnen eingeschärft, nie und unter keinen Umständen irgendwelchen Personen – vor allem Männern – zu folgen, die sie eventuell aufforderten, mit ihnen zu kommen. Vom so genannten »Kinderlocker« war die Rede. Was der mit kleinen Jungen anstellte, sagte man ihnen nicht, aber es klang bedrohlich. Auch sollten sie von Fremden kein Geld annehmen, auch keine Schokolade. Dann mussten sie die Telefonnummer auswendig lernen, sie wurden so lange getriezt, bis sie sie im Schlaf hersagen konnten. Sie kennen sie heute noch, so hat das nachgewirkt: vierundachtzig – sechsundsiebzig – fünfunddreißig!

Ansonsten waren die beiden noch nicht aufgeklärt. Auch die Doktorspiele, die sie damals schon hinter sich hatten, hatten nichts dazu beigetragen. Da waren alle Jungs aus der Nachbarschaft, die mit ihnen spielten, dabei gewesen, und die Schwester eines der Jungen. Im Sandkasten, hinten im Garten bei der Schaukel, mussten alle Jungs auf Aufforderung des einzigen Mädchens die Hosen runter lassen und sich auf den Bauch in den Sand legen. Das Mädchen, das zur großen Enttäuschung der Jungs ihr Höschen nicht runter ließ, brach kleine Stöckchen von den umliegenden Büschen und klemmte sie ihnen zwischen die Pobacken. Nach fünf Minuten nahm sie sie wieder raus, betrachtete sie aufmerksam mit hochgezogenen Augenbrauen und teilte jedem einzelnen mit betont ernster Miene mit, wie bedrohlich hoch sein Fieber sei und wie schlimm es um ihn stünde.

Verdunkeln

Nach und nach bekamen alle mit, was es bedeutete, im Krieg zu leben. Es wurde schon erwähnt, dass vom ersten Tag des Krieges an großer Wert auf das Verdunkeln gelegt wurde.

Verdunkeln hieß, erst alle Rollläden oder Fensterläden schließen, bevor man im Haus Licht machte. Wer keine Fensterläden hatte, musste an den Fenstern schwarze Rollos anbringen. Wenn einer das vergaß, riefen die Volksgenossen auf der Straße laut: *Verdunkeln!* Oder sie schickten die Polizei. Victor Klemperer[5] beschreibt in seinen Tagebüchern aus dieser Zeit die Anzeige, die er wegen Nichtverdunkelns in Dresden erhielt, was ihm ein paar Tage Gefängnis einbrachte. Auch Vater Ristow hatte eines Tages vergessen zu verdunkeln, als er einmal alleine im Haus war. Aber seine Hauptmannsuniform bewahrte ihn vor der Anzeige.

Heute kann man sich gar nicht mehr vorstellen, wie das ist, abends oder nachts im Dunkeln durch die Straßen zu laufen. Es gab ja auch keine Straßenbeleuchtung. Die Leute führten Taschenlampen mit, oder – als es keine Batterien mehr

---

[5] Victor Klemperer, Tagebücher 1933–1945, Berlin 1995.

zu kaufen gab – eine Dynamotaschenlampe, eine elektrische Leuchte, die von einem kleinen elektrischen Generator angetrieben wurde. Der Antrieb geschah mit einem Hebel in der Lampe, der per Handdruck periodisch niedergedrückt werden musste. Wer Fahrrad fuhr, hatte der Fahrradlampe ein Mützchen übergestülpt, das über einen schmalen Schlitz verfügte, der ein bisschen Licht durchließ. Dieses Licht war eigentlich zu schwach, um von einem feindlichen Bomber erkannt zu werden. Aber abgesehen davon durften bei Fliegeralarm ohnehin keine Radfahrer mehr unterwegs sein.

Fußgänger behalfen sich mit Leuchtabzeichen, die sie am Revers befestigten. Diese Abzeichen waren vorher ins Licht gehalten worden und leuchteten dann noch eine Weile nach. Sie waren bei den Kindern ein beliebter Sammelartikel, weil sie teilweise von Firmen, mit Werbung versehen, kostenlos ausgegeben wurden. Besonders angetan hatte es ihnen ein großes rundes Abzeichen mit der Aufschrift »Troll« – was immer das war. Wenn man es erst an die Lampe hielt und dann damit unter der Bettdecke verschwand, konnte man mit dem schwachen Licht fast lesen. Sicher waren da auch einige Millirem Radioaktivität mit ihm Spiel. Man möchte lieber nicht wissen, wie viel sie davon abbekommen haben.

Luftschutzübungen und Gasmaskenausgabe

Eines Tages im Jahr 1939 musste Mutter Ristow mit ihren Söhnen auf einen Sportplatz in Berlin-Schlachtensee kommen, wo ihnen vorgeführt wurde, wie man eine englische Stab-Brandbombe löscht. Die Brandbombe war sechseckig, hatte einen Durchmesser von 4,2 cm und war 57 cm lang.[6] Die Idee war, über Wohngebieten zuerst Sprengbomben und Luftminen abzuwerfen, damit der Luft-

---

6 Die englische Elektron-Thermit-Stabbrandbombe INC 4 lb (*incendiary 4 pounds*) wurde 1935/1936 entwickelt. Elektron ist eine Magnesium-Aluminium-Legierung. Während des zweiten Weltkrieges wurden ca. 80 Millionen davon über deutschen Städten abgeworfen. (Wikipedia)

druck die Dächer abdeckte. Da hinein wurden die Brandbomben abgeworfen. Sie versprühen glühendes Magnesium, das die Umgebung in Brand setzte. Die Brenndauer betrug acht Minuten. Zum Löschen brauchte man vor allem Sand und eine Art Schutzschild, hinter dem man sich gegen die sprühenden Funken schützen konnte. Löschversuche mit Wasser waren zwecklos. Besonders imponierte den Jungs die Methode, einen Papierbeutel voller Sand solange über die brennende Bombe zu halten, bis die Flammen das Papier verbrannt hatten und der herunterfallende Sand die Flammen löschte. Allerdings musste man danach die in Brand geratenen Teile des Dachbodens mit Wasser löschen.

Daheim musste der Speicher geräumt, also von jeglicher Brandlast befreit werden, aber ein Eimer Wasser, eine Wasserpumpe und ein paar Beutel Sand ständig bereit stehen. Aus Brettern nagelte Helmuth – als Sechsjähriger – mit Hilfe des schon erwähnten Werkzeugkastens eine Art Schutzschild zusammen. Gegen Kriegsende, als die Familie Ristow schon nach Oberbayern evakuiert worden war, hat eine mutige Frau, die das Haus bewohnte, tatsächlich eine Brandbombe unschädlich gemacht. Helmuth hat aber viel mehr interessiert, ob sie dabei auch sein selbst gebasteltes Schutzschild in Anspruch genommen habe. Die Mutter antwortete ihm, daran bestehe überhaupt kein Zweifel!

Zu den Luftschutzübungen gehörte die Ausgabe von Gasmasken. Die beiden Jungs sehen ihre Mutter noch heute, wie sie die Gasmaske ausprobierte. Sie wurde ihr über den Kopf gestülpt, ohne Filter, und dann wurde die Öffnung, die im Ernstfall mit dem Filter zugeschraubt wurde, mit der Hand zugehalten, um zu prüfen, ob die Maske dicht sei. Als sie keine Luft mehr bekam, zwinkerte sie heftig mit den Augen, dann wusste der Mann, der sie ihr aufgesetzt hatte, Bescheid. Bei den Kindern wurde auf die Anprobe verzichtet. Erst 40 Jahre später, als Israel Krieg gegen Ägypten führte, erfuhr man, dass Kindern eine Gasmaske nichts nützt: Sie können den Atemdruck, der erforderlich ist, um durch den schweren Filter zu atmen, noch gar nicht erzeugen. Man kann nur hoffen, dass die Mutter das 1939 auch nicht gewusst hat.

Ein Raum im Keller des Hauses Wolzogenstraße 14 wurde zum Luftschutzraum umfunktioniert. Für die vier Bewohner des Hauses (Mutter, zwei Söhne und Friedel; das Kindermädchen Erika, genannt die Ea, war im Krieg nicht mehr dabei) waren dort zwei doppelstöckige Notbetten aufgestellt worden. Außerdem gab es (neben den Gasmasken) Vorräte zum Essen und Trinken. Man musste ja auch damit rechnen, einmal verschüttet zu werden. Um in diesem Fall das Haus durch einen Notausgang verlassen zu können, war in die Wand zur daneben liegenden Garage ein Loch geschlagen worden, das mit einem Teppich zugehängt wurde. In diesen zum Luftschutzraum umfunktionierten Kellerraum mussten nachts alle hinunter, wenn die Sirenen eine Minute lang im Zwei-Sekunden-Rhythmus heulten und Fliegeralarm meldeten.

In jeder Straße war ein Mann zum Luftschutzwart ernannt worden, der darüber wachen sollte, dass jedes Haus vorschriftsmäßig ausgerüstet war, dass ordnungsgemäß verdunkelt wurde, und dass vor allem während eines Alarms niemand das Haus verließ und im Freien herumlief.

Wenn die Entwarnung (ein Dauerton von einer Minute Länge) erst nach 2:00 Uhr nachts kam, dann freuten die Schulkinder sich, weil sie nicht um acht in die Schule mussten, sondern erst um zehn. Dann trafen sie sich mit ihren Freunden aus der Nachbarschaft, gingen die Straßen entlang, jeder mit einer leeren Zigarrenkiste in der Hand, um Splitter der Flakgranaten zu suchen, die reichlich herumlagen. Wer einmal nach der Entwarnung, wenn alle wieder nach oben in die eigenen Betten durften, einen Blick nach draußen warf, erschrak über den glutroten Himmel über Berlin.

Helmuth in der Schule

Ostern 1939 kam Helmuth – wie schon erwähnt – in die Schule. Da es in Zehlendorf-West keine Schule gab, musste er nach Schlachtensee in die Westschule. Seine Eltern waren bei der Einschulung dabei. Dabei lernte er das erste Mal »anzutreten«. Die Schülerinnen und Schüler mussten sich in Dreierreihe aufstellen, und zwar der Größe nach. Da Helmuth schon immer lang aufgeschossen war, stand er meistens am Anfang. Dann wurde erst das Deutschlandlied und anschließend das Horst-Wessel-Lied gesungen: » ...Kameraden, die Rotfront und Reaktion erschossen, marschier'n im Geist in unser'n Reihen mit ...« Und das alles mit dem zum Hitlergruß erhobenen und ausgestreckten rechten Arm. Da Helmuth

Der fünfjährige Helmuth Ostern 1939 mit der Schultüte

das noch nie gemacht hatte, wurde sein Arm müde, er nahm ihn runter und hielt dafür den linken Arm hoch. Der Vater drückte ihm diesen sanft hinunter und bedeutete ihm, wieder den rechten Arm zu heben.

Dafür legte der Mitschüler, der kleiner war als er und deshalb hinter ihm stand, seinen müden Arm auf seiner Schulter ab. Helmuth ließ ihn großzügig gewähren, ärgerte sich aber, dass vor ihm keiner stand, bei dem er dasselbe hätte tun können.

Der Klassenlehrer war Herr Spiegelberg. Am ersten Schultag wurden die Kinder von ihm gefragt, ob sie evangelisch oder katholisch seien. Davon hatte Helmuth noch nie etwas gehört, er meinte, er sei deutsch und wurde ausgelacht. Dann konnte man zum ersten Mal hören, dass einige Schüler sagten, sie seien »gottgläubig«, also während des Dritten Reiches aus der Kirche ausgetreten.

Schreiben lernte man zunächst in der Sütterlinschrift, die von 1915 bis 1940 an den deutschen Schulen gelehrt wurde. Das heißt, in der zweiten Klasse wurde Helmuth auf die lateinische Schrift umgestellt.

Dass Krieg war, merkten die Schüler daran, dass die Westschule ein Jahr später geschlossen und zum Lazarett umgebaut wurde. Deshalb musste die Klasse am Ende des ersten Schuljahres umziehen, und Herr Spiegelberg wurde zur Wehrmacht eingezogen. Sie kamen in eine neue Schule, und das nicht zum letzten Mal.

Helmuths Schulweg von Zehlendorf nach Schlachtensee war schon lang gewesen, jetzt wurde er noch länger. Von der Wolzogenstraße bog man rechts ab in die Niklasstraße und musste nach zwei Querstraßen die Argentinische Allee überqueren. Weil das seiner Mutter zu gefährlich vorkam, wurde er bis hierher – entweder von ihr oder von der Friedel – begleitet und sicher über die Straße geführt. Von da an ging er alleine weiter. Am Ende der Niklasstraße war man auch schon in Schlachtensee und damit gleich in der Westschule. Im neuen Schuljahr musste er noch die Spanische Allee weiterlaufen, bis er nach Nikolassee kam. Ein weiter Weg. Aber ein Jahr später sollte er noch weiter werden.

Föhren heißen in Norddeutschland die Kiefern. Die Föhrenwaldschule stand inmitten eines Kiefernwaldes. Wohl deshalb blieb auch ihr das Schicksal der Schule in Schlachtensee nicht erspart, sie wurde ebenfalls zum Lazarett umgebaut, und die Klasse musste – wieder ein Jahr später – zum zweiten Mal weiterziehen.

Eines Tages wurden die Schüler schriftlich aufgefordert, sich für das Erlernen eines Musikinstrumentes zu interessieren. Mutter Ristow war ein paar Wochen vorher mit ihren Söhnen im Theater gewesen, wo sie »Peterchens Mondfahrt« angeschaut hatten, mit Orchester. Dabei hatte es den Jungen die große Pauke angetan. Der Paukist saß ganz hinten oben und hatte im Grunde wenig zu tun. Ab und zu hob er die Arme, hielt in jeder Hand eine Art Kochtopfdeckel, also die Becken, die er auf ein Zeichen des Dirigenten paarweise gegeneinander schlug. Helmuth kam mit dem Zettel aus der Schule und sagte zu seiner Mutti, dass er gerne die große Pauke lernen wollte. *Ach weißt Du,* sagte sie, die sich bezüglich Konzerten und Konzertbesuch selbst als Banausin bezeichnete, *da musst Du die ganze Zeit nur rum sitzen und hast nichts zu tun, und alle halbe Stunde darfst Du vielleicht einmal auf die Kesselpauke schlagen, das ist nichts für Dich.* – So verderben einem unwissende Eltern eine mögliche Weltkarriere als erfolgreicher Schlagzeuger. Die Mutter ging auch in keine Oper. Sie sagte, da würden die Sängerinnen eine halbe Stunde nichts anderes tun als singen: *Hach ich sterbe, ich arme, hach ich sterbe ....* Die Liebe zur Oper hat ihr Ältester jedenfalls nicht von ihr geerbt.

Jedes Jahr am 20. April freuten sich alle Kinder. Das war Hitlers Geburtstag, und an diesem Tag hatten sie schulfrei. Es gab aber Schulen, in denen alle Kinder dem Führer zum Geburtstag eine Postkarte schreiben mussten.

Bolle

Die Großmutter mütterlicherseits, Anna Hefter, geborene von Salewski, wohnte auch in Zehlendorf-West, in der Winterfeldtstraße, einer Querstraße der

Argentinischen Allee. Sie war eine ganz liebe Frau, die Klaus und Helmuth sehr gern hatten. Vor allem auch deswegen, weil sie, wenn sie sie besuchten, als erstes an einen Schrank ging und für jeden eine Süßigkeit herausholte. Eines Tages im Jahr 1938 nahm Mutti Ristow ihre beiden Jungen beiseite und erzählte ihnen mit Tränen in den Augen, dass die Omi jetzt im Himmel sei.

Zur Argentinischen Allee gingen die Kinder auch später noch gerne. Dann warteten sie, bis »Bimmel-Bolle« kam. Bolle war eine Berliner Institution, die jeder kannte. Er war Berlins Lieferant für Milch und Milchprodukte, die Lieferung erfolgte mit Kutsche und Pferd frei Haus. Und das auch noch in den ersten Kriegsjahren. Es gab sogar ein Lied über Bolle, das aber älter ist als der 1832 geborene Bolle, der 1881 die Meierei C. Bolle gegründet hatte.[7] Bis zu seinem Tode 1910 waren auf Berlins Straßen 250 Pferdefuhrwerke unterwegs. Die Namensgleichheit mit dem Bolle aus dem Lied ist rein zufällig:

»*Bolle reiste jüngst zu Pfingsten, Pankow war sein Ziel.*
Da verlor er seinen Jüngsten janz plötzlich im Jewühl.
Ne volle halbe Stunde hat er nach ihm jespürt,
und dennoch hat sich Bolle janz köstlich amisürt.«

Das Lied hat fünf Strophen, und immer hat sich Bolle »ganz köstlich amüsiert«, obwohl er ohne seinen Jüngsten und nur noch mit einem Auge nach Hause kommt und zum Schluss von seiner Alten »janz mörderisch verdrescht« wird.

Eines von Bolles Kutschgespannen trabte regelmäßig die Argentinische Allee entlang, und wenn es bei den Jungs vorbei war, sprangen sie hinten auf und fuhren mit. Die meisten Kutscher hatten das aber nicht so gerne und klatschten mit ihrer langen Peitsche rechtsrum und linksrum nach hinten, um sie zu verjagen. Manchmal bekamen sie auch einen Hieb mit, der fetzte ganz schön. Trotzdem *ha'm se sich janz köstlich amisürt.*

---

[7] 1956 hat Günter Grass für Bolle die Festschrift zum 75-jährigen Firmenjubiläum geschrieben.

In Trebnitz bei Tante Hanne

Klaus' und Helmuths Omi Hefter, also die 1938 verstorbene Anna, geb. von Salewski, hatte eine Schwester, Selinda Wurl, die fünf Töchter hatte. Das waren die Cousinen von Ursula Ristow. Eine davon, Johanna, genannt Tante Hanne, war mit Fritz Cunow verheiratet und wohnte in Trebnitz in der Mark Brandenburg, wo sie Landwirtschaft mit einer großen Gärtnerei betrieben. Ihr Sohn Friedrich, genannt der Friedel, war ein begeisterter Bastler; vor allem beschäftigte er sich sehr viel mit Laubsägearbeiten. Mit im Haushalt wohnte Tante Hannes Schwester, die unverheiratete Tante Selinda. Diese kümmerte sich vorwiegend um den Garten.

Klaus und Helmuth waren mehrere Jahre hintereinander während der Ferien in Trebnitz, also schon während des Krieges, wo es jederzeit gut und reichlich zu essen gab. Und wo ihnen vor allem kein Fliegeralarm Angst und Schrecken einjagte. Dabei lernten sie auch den Beruf des Gärtners schätzen. Die Cunows machten regelmäßig Sendungen mit Gemüse, zum Beispiel Salat und Bohnen, fertig und schickten sie an den Berliner Großmarkt. Sie haben aber auch sehr viel Obst, insbesondere Äpfel, geerntet.

Und sie lernten, wo der Honig herkommt, denn ihre Tante Hanne war Imkerin, die einzige Frau im Landkreis, wie sie stolz erwähnte. Sie hatte zwanzig Bienenstöcke und führte ihnen vor, wie man sich gegen Bienenstiche schützt, wenn man die mit Honig gefüllten Waben entnehmen will: Weite Kleidung, Hut mit Schleier und Pfeife rauchen. Und vor allem nicht vor den Bienenstöcken stehen bleiben. Die Honigwaben steckte sie in der Küche in eine Honigschleuder. Das war eine Zentrifuge, in der die Waben in eine schnelle Drehbewegung versetzt wurden. Durch die Fliehkraft wurde der Honig an die Wand der Zentrifuge geschleudert. Wenn er nach unten abgelaufen war, öffnete man einen Hahn (wie einen Wasserhahn), und der Honig floss in die darunter gestellten Gefäße. Und die Buben bekamen jeden Morgen ein Schälchen Honig zum Frühstück.

Wenn Bienen einen Menschen stechen, müssen sie – im Gegensatz zur Wespe – sterben. Ihr Stachel hat einen Widerhaken, den sie nicht aus der menschlichen Haut herausbekommen, ohne sich das Hinterteil abzureißen. Wenn Tante Hanne mal gestochen wurde, was sehr häufig vorkam, weil sie auch im Badeanzug zu ihren Bienen ging, hat sie den Stachel mit dem Fingernagel heraus gekratzt. Von der Kleidung entfernte sie die Bienen, ohne dass diese sich verletzten.

Zu jener Zeit war es noch üblich, dass die Bäuerinnen ihr Brot selbst buken. Aber nicht im eigenen Backofen. Zu Hause wurde nur der Teig angerührt und zu Brotlaiben geformt. Im Dorf stand ein großer Ofen zum Brotbacken, der wie ein Iglu aussah. Der wurde am Freitag oder Samstag angeheizt, indem sehr viel Holz und Holzkohle im Innern des Ofens angezündet und abgebrannt wurde. Wenn die Wände glühendheiß waren, wurden die nicht verbrannten Hölzer und die Asche ausgeräumt, und alle Frauen konnten ihre Teigrollen hinein geben. Wenn man abends zum Abendessen zusammen kam, hat Tante Hanne, bevor sie den ersten Kanten abschnitt, mit dem Messer ein Kreuzzeichen auf der Unterseite des Brotlaibs gemacht.

Später, in Oberbayern, hieß der Kanten »Knust«. Mit dem Unterschied, dass der zuerst angeschnittene der Lacheknust und der zuletzt übrig bleibende der Weineknust war.

Damals hatte die Gurke noch ein bitteres Ende. Das gibt es heute nicht mehr. Wenn Tante Hanne Gurken schälte, um zum Beispiel Gurkensalat zu machen, kostete sie erst, welches Ende das bittere war, schnitt es ab und schmiss es mit den Schalen fort. Und mancher Enkel und manche Enkelin erinnert sich, dass die Großmutter eigenartige Zeitvorgaben für das Garen eines Gerichtes hatte: Statt drei oder fünf Minuten lang auf eine Sanduhr zu starren (Küchenwecker gab es noch nicht), empfahl sie, ein oder zwei Vater Unser zu beten. Mit dem himmlischen Beistand war das Essen auf den Punkt fertig! Manchmal war es aber auch angebrannt. Das nannte man dann das »Gewürz der Seligen«.

Wenn es zum Essen Kopfsalat gab, erntete ihn Tante Selinda frisch im eigenen Garten, die Jungs brachten ihn in die Küche, und dann sahen sie staunend zu, wie Tante Hanne ihn nach dem Waschen in ein Sieb tat, das Sieb in ein Küchenhandtuch einwickelte und dann vors Haus ging, um das Handtuch mit dem Salat mit kreisender Armbewegung zu schwenken. Es gab keine Salatschleuder, und so wurde damals der Salat trocken geschleudert. Damals durfte man auch kein kochendes Wasser oder zu heißen Tee in ein Glas schütten – dieses zersprang augenblicklich. Und wenn man einmal schwere Möbelstücke verrücken musste, behalf man sich damit, Kartoffelschalen – dick geschnitten – unter die Kommoden- oder Schrank-Füße zu legen, dann rutschten sie besser.

Als Helmuth eines Tages krank wurde, versprach ihm Tante Hanne, eine kräftige Hühnersuppe zu kochen, wenn er wieder gesund sei. Die Jungs sahen Onkel Fritz Cunow beim Schlachten des Huhns interessiert zu: Er hing es an den beiden Pfoten kopfüber an das Scheunentor, drehte ihm den Hals um und schnitt ihm mit einem scharfen Messer die Kehle durch. Dann ließ er es ausbluten. Den Appetit hat das den beiden nicht verdorben.

Tante Hanne hatte einen beachtlichen Busen, und Klaus fragte sie öfters: *Tante Hah-ne, waru-hum hast du so eine große Bru-hust?* Ihre Schwester Selinda war auch eine sehr liebe Frau, aber die Jungs fragten sie, warum sie nie bunte Kleider trage. Worauf sie eines Tages ganz stolz mit einem roten Pullover erschien, der aber mehr grau als rot war, jedenfalls gefiel er ihnen auch nicht besser. Im Winter kam sie öfters nach Zehlendorf, hat der Mutter im Haushalt geholfen und für alle genäht, worin sie sehr geschickt war.

Eine Schwester der beiden, Tante Trude Ruthke, lebte verheiratet im nicht weit entfernten Buckow, Märkische Schweiz. Zur Belohnung für Ich-weiß-nicht-mehr-was »durfte« Helmuth bei ihr eine Woche Ferien machen. Da sie keine Kinder hatte, konnte sie mit ihm gar nichts anfangen, und er hat sich bei ihr überhaupt nicht wohl gefühlt.[8] Obwohl er neben ihr im großen Ehebett schlafen durfte. Immerhin hat er dort etwas für seine Aufklärung tun können, und zwar sehr erfolgreich. Er wollte immer schon wissen, welche Farbe das Ling-Ling von Frauen hat. Eines Tages, als Tante Trude noch schlief, schlich er um das Fußende herum auf die andere Seite des Doppelbettes, dort stand ihr Nachttopf. Toiletten mit fließendem Wasser gab es auf dem Land nicht so viele, wer nachts einmal raus musste, hätte die Treppe runter und über den Hof zum Herzhäuschen laufen

---

[8] Tante Trude hatte Helmuth wohl in besserer Erinnerung als er sie. Sie war Ende der Siebzigerjahre in einem Altenheim in Bad Pyrmont gestorben, hatte ihren Neffen Friedel Cunow, der in der DDR wohnte, zum Alleinerben bestimmt und Helmuth zum Testamentsvollstrecker. Er löste ihren Haushalt auf und brachte Friedel die verbliebenen (und noch ein paar zugekauften) Erbstücke nach Ost-Berlin.

müssen. In das Plumpsklo mit dem Herz in der hölzernen Tür. Durch einen Blick in ihren Nachtopf konnte Helmuth sich davon überzeugen, dass ihr Ling-Ling die gleiche Farbe hatte wie das von Männern.

Wie man unschwer erkennen kann, kamen Klaus und Helmuth auch in Trebnitz mit dem Krieg nicht direkt in Berührung. Doch lag das Grundstück von Tante Hanne und Onkel Fritz direkt an der Ostbahn, einer Bahnlinie, die früher Berlin mit Königsberg in Ostpreußen verbunden hat. Und da sah man Tag für Tag endlose Gütertransporte Richtung Osten ziehen, beladen mit Hunderten von Panzern und Geschützen. Manchmal waren auch Truppentransporte dabei. Für die Kinder war das aber kein bedrückender Anblick. Denn schließlich waren unsere tüchtigen Soldaten ständig im Vormarsch, und die Heimat freute sich immer schon auf die nächste Sondermeldung.

Fernsehen

In Berlin konnte man inzwischen das neue Medium Fernsehen bestaunen. Am 22. März 1935 war der Sender »Paul Nipkow« erstmals auf Sendung gegangen und hatte mit einem regelmäßigen Sendebetrieb begonnen. Das waren täglich nicht mehr als zwei Stunden, mit vielen Livesendungen. Diese konnten anfangs nur per Kabel übertragen werden, weshalb die Empfangsmöglichkeiten regional begrenzt blieben. Zunächst kamen nur die Berliner in den Genuss der neuen Technologie, später auch die Hamburger.

Helmuth erinnert sich, Anfang der Vierzigerjahre bei seinem Klassenkameraden Peter Waldow eine solche Vorführung gesehen zu haben. Der Bildschirm war kleiner als ein Blatt Papier im Format DIN A4. Dabei führte ein Zauberer den Trick mit dem Zerschneiden eines Seils vor, das am Ende der Show wieder heil war.

Man muss aber zugeben, dass die Buben das nicht weiter interessierte. Sie gingen lieber einmal in der Woche ins Kino, sahen die Wochenschau und dann »Tra-tra-trallala, Kasperle ist wieder da«.

4

»Alfred hat ein bisschen Krieg gespielt …«

Teltow

Im Jahr 1933 hatte Hjalmar Schacht – als er »wieder und noch« Reichsbankpräsident gewesen war – den Kontakt zwischen Dr. Alfred Ristow und dem Privatbankhaus Delbrück, Schickler & Co. hergestellt. Dieses hatte Ristows neuer Firma einen Kredit über 50.000,- Mark eingeräumt, wichtiges Startkapital für den Ausbau des Betriebes. Auf Ristows Frage nach gewünschten Sicherheiten bekam er zur Antwort: »Keine erforderlich, die Empfehlung genügt uns.«

In der Zeit von 1936 – 1939 hat Alfred Ristow Tagebuch geführt und sehr ausführlich über die schweren Anfangszeiten der neuen Firma berichtet. Dabei kam es auch vor, dass der Schmuck seiner Frau in die Pfandleihe wanderte. Aber er hat nie aufgegeben und letztlich Erfolg gehabt.

Im Oktober 1937 bezog er mit seiner Firma »ARI – Steuer Draht und Funk« das neue Betriebsgebäude in Teltow bei Berlin, Körnerstraße 27. ARI stand für Alfred Ristow. Anlässlich der Einweihungsfeier hat sich u. a. Dr. Hjalmar Schacht im Gästebuch verewigt:

Die Firma wurde Rüstungsbetrieb auf dem Gebiet der Funk-Fernsteuerungen. Die Umsätze der Firma, die 1931 bei 5.000 und 1939 erst bei 260.000 RM gelegen hatten, stiegen sprunghaft an und erreichten 1941 800.000 Reichsmark.

In dem erwähnten Tagebuch schreibt er unter dem 12. Februar 1939: »Eine Auseinandersetzung mit der Waffe scheint mir unausbleiblich. Ich will versuchen, mich bzw. den Betrieb darauf vorzubereiten.« Mit dem düsteren Nachsatz: » … und dann finis Germaniae.«

Der Betrieb lag an einem Seitenbecken des Teltowkanals, der im kalten Kriegswinter 1942/43 zugefroren war. Als die auf der anderen Seite des Kanals liegenden Telefunkenwerke im Januar 1943 mit Fliegerbomben angegriffen wurden, fiel eine Sprengbombe in das Becken, durchbohrte das Eis und explodierte im Wasser. Die herumfliegenden Splitter – darunter zahlreiche Eisbrocken – zerstörten vor allem die Fensterscheiben der Firma. So kamen die Gebäude glimpflich davon.

Vater zieht in den Krieg …

1939, als der zweite Weltkrieg ausbrach, hätte sich Dr. Ristow »u. k.« schreiben lassen können, also unabkömmlich als Leiter eines kriegswichtigen Betriebes. Er aber wollte wieder »Krieg spielen«, wie seine Frau sagte. Er begründete dies damit, dass er dem Betrieb so besser helfen könne, als wenn er an der Heimatfront säße. Dieser Entschluss kam nicht spontan. Schon im Juli 1938 hatte er sich von der Fliegerhorst-Kommandantur Berlin-Gatow 365,50 RM Einkleidungsbeihilfe auszahlen lassen. Und im März 1939, also fünf Monate vor Kriegsausbruch, wurde er als Polizei-Hauptmann im gleichen Rang von der Luftnachrichtentruppe übernommen. Das war der Funk-Horch-Dienst der Luftwaffe, der 1939 eine Truppenstärke von 58.000 Mann besaß. Gegen Ende des Krieges waren es wesentlich mehr, vor allem weil inzwischen sehr viele Luftwaffenhelferinnen hinzu gekommen waren. Von einer von ihnen wird später noch die Rede sein.

Die Vertretung des Vaters übernahmen im Krieg Kurt Exner, der kaufmännische Prokurist der Firma, und Dipl. Ing. Egbert Rapp, ein technisch hochbegabter Ingenieur, der aus Karlsruhe stammte.

Am 28. August 1939 rückte Dr. Ristow als Hauptmann der Reserve beim Luftnachrichtenregiment in Bernau ein. Auf welchen Kriegsschauplätzen er eingesetzt war, erfuhren Klaus und Helmuth aus Geheimhaltungsgründen immer erst sehr viel später. Den Polenfeldzug machte er als Führer einer Lufthorchkompanie mit. Sicher ist auch, dass er 1940 in Budapest war, der Hauptstadt Ungarns. Ungarn war damals noch neutral, erst am 19. März 1944 wurde es von den deutschen Truppen besetzt. 1940 durften sich die Angehörigen der Wehrmacht keinesfalls in Uniform zeigen. Vater Ristow trat dort in Zivilkleidung auf und leitete eine »W. z. b. V.«, das hieß »Wetterstation zur besonderen Verwendung«. In Wirklichkeit betrieben sie einen gut getarnten Funkhorchdienst Richtung Osten, also Spionage gegen Russland. Als sie bei der russischen Botschaft große Sende- und Empfangsantennen ausmachten, die nicht für den Funkverkehr nach Moskau geeignet waren, sondern dem gleichen Zweck dienten wie ihre eigene »Wetterstation«, nur in umgekehrter Richtung, machten sie – scheinheilig – die ungarischen Behörden auf diesen offensichtlichen Bruch der Neutralität aufmerksam.

Als Dank und Anerkennung für seine erfolgreiche Wetterbeobachtung erhielt Hauptmann Ristow vom ungarischen Staat das Ritterkreuz zum ungarischen Verdienstorden verliehen. Das Ritterkreuz imponierte den Jungen natürlich mächtig, wenn es auch »nur« ein ungarisches war. Getragen hat er es nie.

In Berlin wurden seine Söhne einmal gefragt, auf welchem Kriegsschauplatz sich der Vater aufhalte. Sie ant-

Alfred Ristows Orden aus dem ersten und zweiten Weltkrieg. Im zweiten von rechts oben sieht man deutlich das ungarische Doppelkreuz

worteten, was man Ihnen gesagt hatte: in Wien. Etwas anderes wussten sie nicht, so konnten sie sich auch nicht verplappern. Worauf der Fragesteller antwortete: »Na ja, da gibt's ja noch genug Heu und Stroh zu fressen, hahaha.«

Im April 1941 hat Dr. Ristow am Balkanfeldzug teilgenommen. Deutschland hatte am 6. April Jugoslawien und Griechenland überrollt und noch im April zur Kapitulation gezwungen. Der Vater schickte Fotografien nach Hause, die ihn mit seinen Leuten beim Gang über ein Ruinenfeld zeigten. Rechts und links waren zerstörte Häuser zu sehen. Er muss ebenfalls, direkt hinter der kämpfenden Truppe, »einmarschiert« sein. In seinem Wehrpass sind »Kämpfe um die Bácska« vermerkt. Die Mutter zeigte die Fotos ihren Freunden und Verwandten in Berlin und bemerkte dazu: »Alfred hat ein bisschen Krieg gespielt …«.

Das war ihre Art von Galgenhumor, mit dem sie versuchte, mit der Abwesenheit ihres Mannes – die von ihm ja völlig freiwillig gewählt worden war – fertig zu werden.

…und gerät in Lebensgefahr

Auf dem Balkan muss es gewesen sein, dass Vater Ristow dreimal in Lebensgefahr kam. Aber nicht durch Feindeinwirkung, sondern erst durch die Natur und dann durch Unachtsamkeit. Er erzählte bei seinem nächsten Heimaturlaub, dass er das gewaltige Erdbeben von 1940 hautnah miterlebt habe. Aus Angst, verschüttet zu werden, habe er sich unter einen Türrahmen gestellt. Das Haus blieb aber unversehrt. Das nächste Mal bekam er eine Flasche mit Wasserglas zu trinken. Wasserglas ist ein Kalium- oder Natriumsilikat, eine wasserhelle Flüssigkeit, in die man früher Eier eingelegt hat, um sie zu konservieren. Wer ihm diesen Trank eingeschenkt hat, ist nicht überliefert. Er hat danach ein paar Tage mit ordentlichen Magenschmerzen im Bett zugebracht.

Das dritte Mal was das gefährlichste. Auf einer Dienstfahrt hatte er mit seinem Fahrer angehalten und war arglos über eine Wiese geschlendert, als plötzlich ein aufgeregter Soldat angerannt kam und mit dem Ausdruck größten Entsetzens schrie, sie sollten stehen bleiben. Die Wiese sei vermint, und er habe den Auftrag aufzupassen, dass niemand hinüber laufe. Er selbst sei eben auch mal kurz austreten gewesen. Der Vater und sein Fahrer sind dann vorsichtig in ihren eigenen Fußspuren zurück geschlichen. Von Schlendern konnte dabei keine Rede mehr sein. Und wenn etwas Schlimmes passiert wäre? Dann hätte es geheißen: Auf dem Felde der Ehre gefallen für Führer und Vaterland …

Weihnachten 1941 war der Vater erstmals nicht zu Hause in Berlin. Er war in Nikolajew, das in der südlichen Ukraine, am Bug, liegt und über einen Hafen mit

Zugang zum Schwarzen Meer verfügt. Nikolajew wurde 1941 von der deutschen Wehrmacht besetzt und erst am 28. März 1944 wieder von der Roten Armee befreit. Vati musste für den erkrankten Major Cammerländer das III/Ln.Reg.4 übernehmen und hat in Nikolajev und auf der Krim den russischen Krieg und Winter eingehendst kennen gelernt, wie er berichtet.

Seine Ankunft mit einem Flugboot hat er in einem Brief an seine Frau ausführlich geschildert (ohne allerdings in dem Schreiben den Namen der Stadt zu erwähnen). Dem für das Quartier und die Verpflegung zuständigen Unteroffizier habe er erst einmal Beine machen müssen, sein Vorgänger habe da einige Versäumnisse begangen, weil ihm eindeutig »Fronterfahrung« gefehlt habe. Er schrieb, dass sein Kommandeurszimmer kleiner wäre als Mutters Speisekammer. Das Essen sei auch nicht besonders, und vom Pfefferminztee werde ihm regelrecht schlecht. Aber schon am nächsten Tag seien »zufällig« zwei Ochsen vorbeigelaufen, die »liebevoll in Empfang genommen« wurden, und die den Speiseplan deutlich aufgebessert hätten.

Eigentlich inspizierte der Vater, wie er seiner Familie erzählte, bei seinen Truppenbesuchen zu aller erst die Toiletten. *Die Toilette ist die Visitenkarte des Hauses*, betonte er immer. Bei seiner Ankunft am Bug war aber offensichtlich die Fourage das dringendere Problem.

Ein Teil des Schriftverkehrs zwischen Dr. Ristow und seinem Betrieb in Teltow ist erhalten. 1941 schrieb er aus dem Felde, der Übergang von der Friedens- auf die Kriegswirtschaft sei dem Betrieb gut gelungen. Jetzt müsste man sich schon Gedanken darüber machen, wie man den Betrieb auch wieder von der Kriegs- auf die Friedensproduktion umstellen könne. Das sei sehr viel schwieriger als umgekehrt. Egbert Rapp, sein Stellvertreter, hat lakonisch den Vermerk angebracht: »Krieg also doch schnell zu Ende?«[9]

Aber er ging nicht schnell zu Ende. Er trat jetzt in eine Phase ein, die auch von den Kindern nicht anders als bedrohlich empfunden wurde.

---

9 Alle diese Unterlagen befinden sich im Archiv des Industrie-Museums Teltow (IMT), Oderstraße 23.

5

»Totaler Krieg« in Berlin

Mit Helga Goebbels in der 3. Klasse

1941 zogen die Schüler der Föhrenwaldschule in Berlin-Nikolassee um in die Dreilindenschule in Berlin-Wannsee. Das war noch weiter von zu Hause weg als die beiden anderen Schulen. Inzwischen war Helmuth knapp neun Jahre alt, besaß ein Fahrrad und konnte damit allein zur Schule radeln. Seine Mutter fuhr den Weg entlang der Potsdamer Chaussee ein- oder zweimal mit ihm ab, bis sie sicher war, dass er sich nicht verfahren würde. Bei schlechtem Wetter fuhr er mit der S-Bahn, die von Oranienburg kam und über Schlachtensee und Nikolassee direkt nach Wannsee fuhr.

In der Wannseebahn konnte man erfahren, dass »totaler Krieg« herrschte. Am 18. Februar 1943 hatte Dr. Joseph Goebbels im Berliner Sportpalast in einer meisterhaften Inszenierung vor 14 000 geladenen Gästen die Frage gestellt: »Wollt ihr den totalen Krieg?« Und erhielt stürmische Zustimmung. Danach wurden überall, auch in der S-Bahn, Aufkleber angebracht: »Totaler Krieg – kürzester Krieg«.

In die Dreilindenschule gingen auch die Kinder von Magda und Joseph Goebbels. Aber selbst der Reichsminister für Volksaufklärung und Propaganda konnte es sich im Krieg nicht erlauben, seine Kinder jeden Tag mit dem Auto zur Schule bringen zu lassen, wo doch Privatpersonen gar kein Benzin mehr zugeteilt bekamen. Deshalb wurden die Kinder von der Insel Schwanenwerder, auf der die Familie Goebbels seit 1936 wohnte, mit einer Pferdedroschke zur Schule in Wannsee kutschiert. Vermutlich war der Kutscher ein ausgebildeter Leibwächter, aber derartige Überlegungen gab es damals für die Mitschüler noch nicht. Herr und Frau Goebbels hatten sechs Kinder, deren Namen alle mit »H« (wie Hitler) anfingen. Zwei

Jahre lang, von 1941 bis 1943, ging Helmuth mit Helga, die im September 1932 als erstes Kind der Eheleute Goebbels zur Welt gekommen war, in eine Klasse. In die beiden nachfolgenden Klassen gingen ihre Geschwister Hildegard und Helmut.

Alle endeten schrecklich. Am 22. April 1945 war die ganze Familie Goebbels in den Führerbunker in Berlin-Mitte gezogen. Dort befahl Frau Goebbels, alle ihre Kinder zu töten, bevor sie und ihr Mann am 1. Mai 1945 ihrem Leben selbst ein Ende setzten. Die ehemaligen Mitschüler hat ihr Schicksal sehr bewegt, weil sie Helga als aufgeweckte Klassenkameradin und kluge Schülerin kennen gelernt hatten. Noch schlimmer aber empfand es jeder, der das Buch »Die Frauen der Nazis«[10] gelesen und die näheren Umstände ihres Todes erfahren hatte. Goebbels' Mitarbeiterinnen hatten Frau Goebbels händeringend gebeten, die Kinder doch am Leben zu lassen, sie würden sich um sie kümmern. Frau Goebbels, die eine der fanatischsten Hitler-Anhängerinnen war, die man sich vorstellen konnte, sah aber für ihre Kinder in der Zeit nach dem Krieg und ohne Adolf Hitler keine Zukunft und blieb hart. Die Kinder wurden zu Bett gebracht und dann mit Zyankali getötet. Die Russen haben die Leichen sorgfältig untersuchen lassen und sind zu dem Ergebnis gekommen, dass die zwölfeinhalbjährige Helga verzweifelt versucht haben muss, sich dagegen zu wehren. Davon zeugten viele Hämatome an Armen und Beinen.

Ihre Lehrerin war ein Fräulein Kuhlmann. Sie war Parteigenossin und trug ihr Parteiabzeichen stolz am Revers ihres Kostüms. Auch von ihr wurde bekannt, dass sie 1945, kurz vor der endgültigen Eroberung Berlins durch die Russen, den Freitod gewählt hatte.

Winterhilfswerk und Eintopfsonntag

Das Winterhilfswerk des Deutschen Volkes (kurz WHW) wurde schon 1933 gegründet und war von 1936 an eine Stiftung öffentlichen Rechts, die Sach-

---

10 Anne Maria Sigmund, Die Frauen der Nazis, Verlag Ueberreuter Wien 1998.

und Geldspenden sammelte und damit bedürftige »Volksgenossen« entweder unmittelbar oder über Nebenorganisationen der »Nationalsozialistischen Volkswohlfahrt« (NSV) unterstützte. Das Spendenaufkommen war gewaltig, im Kriegswinter 1942/1943 betrug es 1,6 Mio. Reichsmark und übertraf damit die Summe, die aus dem Staatshaushalt für die öffentliche Fürsorge aufgebracht wurde. In vielen Fällen waren die Spenden nicht ganz freiwillig, weil sie den Arbeitern vom Lohn abgezogen wurden. *Mir ist vom Gehalt eine ‚Freiwillige Winterhilfe' abgezogen worden; niemand hat mich deswegen vorher gefragt,* schrieb der bereits erwähnte Victor Klemperer 1933 in sein Tagebuch und nannte dies einen »kaum verhüllten Zwang«. Ebenso gewaltig war die Zahl der 1,2 Millionen freiwilligen Helfer, die vor allem einmal im Monat sonntags mit der Sammelbüchse umhergingen und um eine Spende für das WHW baten. Wer spendete, bekam ein Abzeichen. Das hatte zwei Vorteile: Zum einen hatte er das Gefühl, dass er etwas für sein Geld bekam, und zum anderen wurde er, wenn er es trug, nicht den ganzen Tag von anderen Sammlern angebettelt.

Die Abzeichen wurden aber auch zu einem ganz anderen Zweck missbraucht. Eines Tages stieg Egbert Rapp, Vaters Stellvertreter in seinem Teltower Betrieb, an der Potsdamer Chaussee/Ecke Wolzogenstraße aus dem Bus, um der Mutter etwas zu bringen. An der Bushaltestelle standen zwei Jungs, die ihm mitten in der Woche (!) alte (!) WHW-Abzeichen zum Kauf anboten. Einen von den beiden erkannte er sofort, das war Klaus, der Sohn seines Chefs. Bei der anschließenden peinlichen Befragung des Sohnemanns stellte sich heraus, dass der andere Wolfgang Behling gewesen sein muss. Worauf ihm endgültig und »ein für alle Mal« der Umgang mit den Hausmeisterskindern verboten wurde.

Ebenfalls im Jahr 1933 war der Eintopfsonntag eingeführt worden. Er war eine Propaganda-Aktion des NS-Regimes als Zeichen der Solidarisierung mit der Volksgemeinschaft. Zudem konnte mit ihm die so genannte »Fettlücke«, die nur durch Importe ausgeglichen werden konnte, reduziert werden. Eintopfessen sollte es in den Monaten Oktober – März einmal im Monat geben. Die gegenüber dem sonst üblichen Sonntagsbraten eingesparten 50 Reichspfennige wurden in den Wohnvierteln von den Blockwarten der NSDAP kassiert und kamen dem Winterhilfswerk zugute.

Teddynäherei

Klaus und Helmuth erinnern sich, dass der Haushalt ein richtiger Frauenhaushalt wurde. Die Männer waren ja an der Front. Außer der Mutter und dem Dienstmädchen Friedel war ständig irgendeine Tante anwesend, zum Beispiel auch die Tante Selinda aus Trebnitz. Die nähten, strickten und häkelten, was das Zeug hielt. Als der Russlandfeldzug 1941 begann, mussten an der Heimatfront Unmengen von Socken gestrickt werden, die eingesammelt und zur kämpfenden Truppe an die Front geschickt wurden. Es blieb nicht aus, dass Klaus und Helmuth auch Nähen und Häkeln lernten, obwohl das eigentlich reiner Weiberkram war. Stricken lehnten sie ab. Und ihre Nähkünste probierten sie als erstes an ihren Teddybären aus. Sie schnitten ihnen mit einer Schere den Bauch auf, schauten, wie es drin aussah und nähten den Bär wieder zu. Der Begriff »Teddynäherei« wurde später zum Synonym für besonders »gelungene«, also richtig grobe Nahten.

Dann mussten die Skier abgeliefert werden. Sie kamen nach Russland an die Front, damit die Landser mit den enormen Schneemassen besser zurecht kämen und nicht durch den Schnee stapfen mussten. In Wirklichkeit – so hörte man nach dem Krieg – war das von der Front dankbar angenommenes Brennholz. Gott sei Dank waren Klaus' und Helmuths Kinderskier nicht dabei, sie haben sie später in Oberbayern wirklich gut brauchen können.

Schließlich musste Mutti noch ihren Wagen, ein chices DKW-Kabriolett, außer Betrieb nehmen, weil er nicht kriegswichtig war. Noch im August 1939 hatte sie damit, zusammen mit ihrer Freundin Inge, eine Italienreise nach Verona gemacht.

Kaiser-Wilhelm-Gedächtniskirche

Ursula Ristow hatte außer ihren drei Schwestern und den fünf Cousinen mütterlicherseits auch väterlicherseits Cousinen und Vettern. Das waren die Töchter und Söhne der Brüder ihres Vaters. Einer von ihnen war Karl Hefter (Jahrgang 1914), mit dem sie sich sehr gut verstand. Aufsehen erregte bei seinen Cousinen der Mercedes, den Karl von seinen Eltern zum Abitur geschenkt bekam,

Susanne und Karl Hefter 1942

deswegen wurde er von ihnen ständig angepflaumt. 1942 heiratete Karl Hefter Susanne Blau, eine Tochter seiner Cousine Elisabeth Blau, geb. Hefter. Klaus und Helmuth können sich noch an deren kirchliche Trauung erinnern, die in der Kaiser-Wilhelm-Gedächtniskirche stattfand. Sie fuhren mit der Friedel, dem Dienstmädchen, in der S-Bahn zum Bahnhof Zoologischer Garten und standen vor der Kirche, als das Paar herauskam: eine bildhübsche Braut und ein fescher Bräutigam in Paradeuniform. Leider ist ja die Gedächtniskirche, wie sie im Volksmund kurz heisst, im November 1943 einem Bombenangriff zum Opfer gefallen und total ausgebrannt. Sie war in den 1890er Jahren zu Ehren von Kaiser Wilhelm I. erbaut worden und wurde 1963 von dem Karlsruher Architekten Egon Eiermann zu einer Gedenkstätte umgebaut. Der Turm der zerstörten Kirche wurde als Mahnmal der Erinnerung an den Krieg als Ruine erhalten. Neben diese Ruine hat Egon Eiermann einen modernen Kirchenraum und einen modernen Turm gestellt.

Juden

Die nächste Geschichte ist nicht gerade eine Ruhmestat, aber sie zeigt, wie die Propaganda auch auf Kinder eingewirkt hatte. Zusammen mit ihren Freunden hatten die Acht- und Neunjährigen auf einem unbebauten Grundstück an der Ecke zur Potsdamer Chaussee eine Art Höhle entdeckt, vielleicht eine alte Bretterbude oder ähnliches. Sie waren davon so fasziniert, dass sie nicht wollten, dass andere Kinder hinter dieses Geheimnis kämen. Sie überlegten, wie sie sich gegen unerwünschte Eindringlinge schützen könnten, und verfielen auf die Idee, sich als Juden zu verkleiden! Sie schnitten aus Papier große sechseckige Sterne aus, malten sie gelb an und schrieben »Jude« drauf. Die befestigten sie dann irgendwie an ihrer Kleidung. Ihre Überlegung zielte dahin, dass andere Kinder nichts mit ihnen zu tun haben wollten, wenn sie sähen, wen sie vor sich hätten!

Der Judenstern war ein vom NS-Regime 1941 eingeführtes Zwangskennzeichen für Personen, die nach den Nürnberger Gesetzen von 1936 rechtlich als Juden galten. (Polizei-Verordnung vom 19. September 1941.) Die nach links geschwungenen Buchstaben sollten die hebräische Schrift verhöhnen. Der Stern musste in der Öffentlichkeit sichtbar auf der linken Seite (über dem Herzen) getragen und durfte nicht durch Taschen, Aktenmappen oder Einkaufstüten verdeckt werden. In Anlehnung an den Orden »Pour le Mérite« nannte ihn Victor Klemperer: »Pour le Sémite.«

Auf der anderen Seite der Potsdamer Chaussee liegt Düppel, wo sich ein Truppenübungsplatz befand. Die Kinder fanden dort die eine oder andere Gewehrmunition. Die nahmen sie mit auf ihren Spielplatz, entfernten die Patrone und schütteten das Pulver auf einen Haufen. Davor stellten sie eine Kiste, hinter der sie sich sicherheitshalber verkrochen. Dann zündete einer ein Streichholz an, langte damit um die Kiste herum, blieb aber in Deckung, und hielt es an das Pulver. Und das mit acht oder neun Jahren! Weil es nicht gleich zündete, streckte einer ihrer Freunde den Kopf über die Kiste, um zu sehen, warum nichts passierte. In diesem Augenblick gab es eine wunderschöne Stichflamme. Wobei sich der allzu Neugierige die Augenbrauen verbrannt hat.

Und sie kannten alle Hitler-Witze und erzählten sie ständig weiter. Beispielsweise: Ein Mann überfährt in einem Dorf einen Hund und geht ins Haus der Besitzerin, um ihr den

Unfall zu melden. Wie damals üblich grüßte er: »Heil Hitler! Der Hund ist tot ...« und wunderte sich, dass sie sich freute und er köstlich bewirtet wurde. – Es wurde kolportiert, dass die SS selbst solche Witze in Umlauf brachte, um festzustellen, wie schnell sie sich verbreiteten. Auch: Goebbels im Reichssportpalast: »Nicht Ein- (Pause), nicht Zwei- (Pause), nicht Drei- (Pause), nein (Pause) Vier----Frucht----Marmelade kommt an die Ostfront ...« – Gegen Ende des Krieges erzählte man, dass es den Soldaten an der Westfront verboten worden sei, mit der Panzerfaust zu schießen: Der feurige Rückstrahl, den sie ausstieß, könnte die sich zurückziehenden Soldaten an der Ostfront gefährden.

Aber auch Churchill, Staatsfeind Nummer 1, bekam sein Fett weg:

*Wenn die Uhre zwölfe schlägt,
kommt der Churchill angefegt,
mit dem Nachttopf unterm Arm:
Achtung, Achtung, Fliegeralarm.*

»Kohlenklau«, »Feind hört mit« und »Räder müssen rollen für den Sieg«

Überhaupt die Propaganda: Goebbels' Ministerium leistete ganze Arbeit. Jeder, der die Zeit erlebt hat, erinnert sich noch an den »Kohlenklau«, was Strom sparen hieß.

Unter der Losung »Kampf dem Kohlenklau« begann in Deutschland am 7. Dezember 1942 eine Propagandaaktion zur Einsparung von Brennstoffen. Um der Kriegsmaschinerie die notwendige Versorgung mit Energie zu sichern, wurde versucht, die Menschen zum Sparen zu bewegen. Die Kohlenklau-Aktion ist bis heute die wohl umfangreichste Energiespar-Aktion, die jemals durchgeführt wurde.

»Vorsicht bei Gesprächen. Feind hört mit!« war eine innenpolitische Kampagne im Deutschen Reich vom 1. September 1939 bis Ende des Zweiten Weltkrieges zur Abwehr von Spionage und Sabotage.

»Räder müssen rollen für den Sieg!« war der Titel einer propagandistischen

Werbekampagne der Deutschen Reichsbahn im Jahr 1942. Wesentliches Ziel der Kampagne war die Erhöhung der Transportleistung in der Wende des Zweiten Weltkriegs.[11] Private Reisen sollten zurückgestellt werden zugunsten der Soldaten, die auf Heimat-Urlaub kamen oder wieder an die Front mussten.

Na ja, und dann die Beförderung ihres Vaters zum Major der Luftnachrichtentruppe! Klaus wusste es vor Helmuth und hatte sich von der Mutter ausbedungen, dass er es ihm mitteilen dürfe. Sie schlossen ja den Vater jeden Abend in ihr Nachtgebet ein, und ihre Gebete wurden – was ihn betrifft – erhört: »Lieber Gott, beschütze unseren Vati und alle Soldaten, und mach', dass Deutschland den Krieg gewinnt.«

Alle Soldaten konnte der Liebe Gott nicht beschützen, und den Krieg haben wir Gott sei Dank nicht gewonnen.

Pimpf

Mit zehn Jahren kamen die Jungen zum Deutschen Jungvolk, und mit 14 Jahren wurde man Hitlerjunge, kurz HJ genannt. Die Mädchen traten dem BdM bei, dem Bund deutscher Mädels. Da Helmuth sehr lang aufgeschossen war und immer noch mit der verbilligten Schülerfahrkarte S-Bahn fuhr, glaubten ihm die Fahrkartenkontrolleure manchmal nicht, dass er noch keine zehn Jahre alt war. Aus diesem Grund stand seinem Beitritt zum Jungvolk mit neun Jahren nichts im Weg. 1943 wurde er also ein Pimpf. Das ist nach österreichischer Mundart eigentlich ein armer Schelm, ein harmloser Kerl oder einfach ein kleiner Junge. Bei den Nazis hießen so die Mitglieder des Deutschen Jungvolks, der Unterorganisation der Hitlerjugend.

Die Mutter sah seine »Einberufung« eher skeptisch, er aber war begeistert von der Vorstellung, einmal ein strammer Hitler-Junge zu werden und trat dem Jungvolk gerne bei. Muttis Skepsis war berechtigt, aber aus einem ganz anderen

[11] Quelle dieses Abschnitts: Wikipedia

Grund. »Na, was habt ihr gemacht?« fragte sie nach seinem ersten Nachmittag beim Jungvolk. »Der Fäfü hat uns ein Lied beigebracht« war die Antwort. »Fäfü ist der Fähnleinführer«, fügte er noch hinzu. »Aha. Und welches Lied war das?« Sie erwartete jetzt so etwas ähnliches wie »Schwarzbraun ist die Haselnuss«, »Es zittern die morschen Knochen« oder gar »Wir sind des Geyers schwarzer Haufen«. Das Horst-Wessel-Lied hatten sie ja schon in der Schule gelernt. Aber was dann kam, verschlug ihr doch die Sprache:

»Drei Chinesen mit dem Kontrabass,
saßen auf der Straße und erzählten sich was.
Da kam die Polizei, ja was ist denn das?
Drei Chinesen mit dem Kontrabass ...«

Als Helmuth dann auch noch anfing, ihr die nächste Strophe »Dra Chanasan mat dam Kantrabass, saßan aaf dar Straßa and arzahltan sach was ...« vorzusingen, schüttelte sie nur den Kopf. Den »Scheibenwischer« kannte man damals noch nicht. Insgeheim muss sie aber froh gewesen sein, dass die Jungen nicht gleich völkisch indoktriniert worden sind.

Beim Jungvolk trug man Uniform. Das Braunhemd hatte auf dem rechten Arm auf dreieckigem Feld eine Aufschrift »Ost Berlin«, womit nicht die spätere Teilung Deutschlands vorweg genommen wurde, sondern der Gau bezeichnet wurde, dem man angehörte. Dieses Hemd trug Helmuth auch später in Bayern und wurde deshalb dort öfters angepflaumt. Weil Bayern im Gau Süd lag. Zur kurzen schwarzen Cord-Hose gehörte ein Ledergürtel mit einem metallenen Koppelschloss. Auf dem Schloss stand: Ehre, Blut und Boden. Zur Ausstattung kam noch ein schwarzes Dreiecktuch mit braunem Lederknoten, und ein Schulterriemen, außerdem eine Skimütze. Helmuth fand das sehr chic und bemühte sich, immer besonders stramm zu marschieren. Schließlich sollte der deutsche Junge rank und schlank sein und schon früh zur Wehrkraft ertüchtigt werden: »Flink wie Windhunde, zäh wie Leder und hart wie Kruppstahl.« Hitler war entschlossen, ein neues Geschlecht heran zu ziehen.

Parallel gingen die Jungs auch in den Kindergottesdienst, der einmal in der Woche nachmittags stattfand. Als sie ihn einmal schwänzten, nahm die Mutter sie sehr ernst ins Gebet. Sie wollte wissen, ob ihnen irgend jemand geraten hatte, nicht mehr dorthin zu gehen. Was sie guten Gewissens verneinen konnten, sie hatten es einfach vergessen. Mutti hatte Angst, dass der Jungenschaftsführer oder sonst jemand vom Jungvolk sie von der Kirche weglotsen wollte.

Der Fall von Stalingrad

Im Radio gab es jede Woche einmal eine Sendung, die eine Geschichte von der Front erzählte. Sehr gut aufbereitet vom Propagandaministerium. Das waren in der Regel tapfere Infanteristen, die erfolgreich einen Sturmangriff auf einen feindlichen Bunker führten, ihn im Handstreich eroberten und mit vielen Gefangenen zurückkehrten. Oder mutige Artilleristen, die mit einer einzigen PAK, der Panzerabwehrkanone, den Angriff von mehreren russischen Panzern zurückschlugen. Und ähnliche, immer sehr spannend aufgemachte Berichte über die deutschen Soldaten, die von Sieg zu Sieg eilten.

Der Angriff gegen Russland war im Winter 1941 mit Hilfe von »Väterchen Frost« zum Stillstand gekommen. Im Herbst 1942 wurde Stalingrad eingekreist, und das Kriegsglück begann sich zu wenden. Jetzt strahlten auch die wöchentlichen Geschichten von der Front nicht nur Erfolgsmeldungen aus. Eines Abends war es ganz besonders schlimm. Da wird von einem Infanteristen berichtet, der im Schützengraben hockt und mit seiner Gruppe von feindlichem Feuer zugedeckt wird. Seine Kameraden wollen einen Ausfall machen, und er soll ihnen Feuerschutz geben. Aber als er sich erhebt, eine Handgranate abzieht und zum Wurf ansetzt, wird er von einer feindlichen Kugel tödlich getroffen. Die Jungs haben nach dieser Geschichte bitterlich geweint.

Bei den Kriegsspielen »schnitzten« sie sich selbst Handgranaten. Das heißt, sie besorgten sich mehrere 20 cm lange runde Hölzer, ca. 8 cm stark, an denen noch die Rinde war. Dann nahmen sie ihre Taschenmesser – jeder deutsche Junge hatte ein Taschenmesser – und schälten das Rundholz. Sie ließen aber im oberen Drittel die Rinde stehen, so sah es aus wie eine Handgranate. Damit bewarfen sie sich dann. Natürlich hatte jeder an seiner Jacke Schulterstücke sowie Orden- und

Ehrenzeichen. So konnten sie unterscheiden, wer von ihnen noch Gefreiter und wer schon zum Obergefreiten befördert worden war. Dann marschierten sie im Gleichschritt hintereinander her und skandierten: »Links, links, hinter'm Leutnant stinkt's.« Eigentlich stinkt es in der Originalversion hinter dem Hauptmann, aber solange ihr Vater noch nicht zum Major befördert worden, sondern noch Hauptmann war, ließen sie es hinter dem Leutnant stinken.

Welche Erfahrungen sie persönlich mit Handgranaten gemacht haben, davon wird in diesem Buch später noch die Rede sein. Das deutsche Modell HG 24 hatte einen hohlen hölzernen Griff. Am oberen Teil war der zylindrisch geformte Sprengkopf angeschraubt. Hinten am Griff war ein Schraubverschluss, wie bei einer Sprudelflasche. Wenn man den aufschraubte, fielen einem zwei Porzellanringe (auch Perlen genannt) entgegen, die an einer Abreißschnur hingen. Wegen ihrer Form hieß die Stielhandgranate bei den Alliierten auch der »Kartoffelstampfer«. Die Soldaten hielten die Handgranate mit der Wurfhand am Stiel und zogen mit der anderen Hand an den Porzellanringen. Dann mussten sie sie wegwerfen, weil sie »auf Drei« explodierte, spätestens aber nach fünf Sekunden. Das Wegwerfen durfte aber auch nicht zu schnell erfolgen, wenn man sie nämlich zu früh wegwarf, konnte es passieren, dass der Gegner sie zurückwarf. Obwohl dabei mancher Soldat eine Hand verloren hat. Fünf Sekunden dehnen sich in solch einem Fall endlos. Der Vater berichtete, dass ein Rekrut, den er 1919 in Ostpreußen ausbilden sollte, eine bereits scharf gemachte Handgranate fallen ließ. Vater dachte, da hast du vier Jahre Krieg überlebt und sollst jetzt wegen diesem »damlichen Lorbass« den Heldentod sterben, das wollte er nicht. Geistesgegenwärtig nahm er die Handgranate, warf sie weit weg und schmiss sich in Deckung.

Dann kam der 3. Februar 1943. Das Dienstmädchen Friedel hatte abends frei und wollte ins Kino gehen. Sie hatte in der Nachbarschaft eine Freundin kennen gelernt, die immer »Schütze Lenchen« zu ihr sagte. Meistens kam Friedel spät nachts nach Hause, wenn alle schon schliefen. An diesem Abend waren aber die Kinder noch auf, als sie schon wieder in der Tür stand: Die Kinos seien geschlossen und alle Tanzveranstaltungen abgesagt worden.

Es war der Tag, als das Oberkommando der Wehrmacht (OKW) im Großdeutschen Rundfunk die Sondermeldung verbreiten ließ, dass die 6. Armee »unter der vorbildlichen Führung von Generalfeldmarschall Paulus bis zum letzten Atemzug« gekämpft habe, sie aber einer »Übermacht« und »ungünstigen Verhältnissen erlegen« sei. Dass sie also in Stalingrad kapituliert habe. Die Mutter und ihre Jungs schauten sie nur entsetzt an.

Die Familie wird evakuiert

Nun war es nicht so, dass man sich im Luftschutzkeller sicher fühlte und keine Angst hatte. Zwar wurden die Luftangriffe 1941 noch als »Feuerwerk zur Volksbelustigung« verspottet. Aber das änderte sich schlagartig 1942/1943, als die schweren Angriffe einsetzten, die letztlich 500.000 Zivilisten das Leben kostete. Obwohl man sagt, dass man die Bombe, die einen selbst trifft, erst zu aller letzt hört, flößten die dauernden Bombeneinschläge rund herum, das ständige Wummern der Flak und das Heulen der Flugzeugmotoren allen eine ungeheure Furcht ein. Ja, sie hatten Angst! Und als im Frühjahr 1943, kurz nach dem Fall von Stalingrad, ganz in der Nähe, nur zwei Straßen weiter, eine Luftmine, also eine mit 500 kg Sprengstoff gefüllte Bombe, in ein Wohnhaus einschlug, dieses total flach legte und alle Bewohner unter sich begrub, passierte etwas, was das ganze Leben der Familie Ristow veränderte. Helmuth sagte zur Mutter (er war knapp zehn Jahre alt): *Ich will hier raus! Ich will zur Tante Inge auf den Hohen Peißenberg!* – Er sagte das wohl ganz ruhig, es war kein Nervenzusammenbruch und keine Panik, nur ein instinktiver Wunsch zu überleben.

Die Mutter reagierte sofort, besprach die Sache mit dem Vater, mit Tante Inge und der Schule und brachte Helmuth im April 1943 nach Hohenpeißenberg in Oberbayern. Es handelte sich aber nicht um die etwas berüchtigte, vom Führer 1940 angeordnete Kinderlandverschickung (KLV), von vielen auch als Kinderlandverschleppung verspottet. Es war eine völlig freiwillige Aktion.

6

Hohenpeißenberg in Oberbayern

Der Hubertushof

Die Pension Hubertushof auf dem knapp 1000 m hoch gelegenen Hohen Peißenberg in Oberbayern.

Im Frühsommer des Jahres 1943 wurde Helmuth also nach Bayern evakuiert. So nannte man die Umsiedlungen damals.[12] Gleich entstanden auch die nicht unfreundlichen Bemerkungen der Einheimischen. Zum Beispiel die Frage, was der Unterschied zwischen einem Preußen und dem Klapperstorch sei? »Beide sind schwarz-weiß, und wenn sie Hunger haben, fliegen sie in den Süden.«

Mutti brachte Helmuth nach Hohenpeißenberg und lieferte ihn auf dem Hubertushof bei Tante Inge van Scherpenberg ab. Die beiden waren zunächst mit dem Schlafwagen von Berlin nach München gefahren, dort umgestiegen in den Zug Richtung Garmisch, aber in Weilheim aus- und wieder umgestiegen. Von Weilheim fuhren sie mit der einglei-

---

[12] Evakuieren bedeutet in der Technik, ein Vakuum herzustellen. Menschen kann man eigentlich nicht ohne Schaden für den Betroffenen evakuieren. Im übertragenen Sinn wird der Ausdruck jedoch verwendet, wenn Bewohner aus einem Gebiet ausgesiedelt werden oder ein Gebiet von Bewohnern geräumt wird.

sig ausgebauten Pfaffenwinkelbahn noch einmal 15 km Richtung Schongau. Die Bahn war zwar damals (wegen der Kohletransporte) noch elektrifiziert und hatte auf der kurzen Strecke nur 160 Höhenmeter zu überwinden. Aber sie schnaufte wie eine Bummelbahn so mühselig den Berg hinauf, dass man versucht war zu sagen: »Blumenpflücken während der Fahrt verboten.« Dieser Spruch stammte von Tante Inge. Sie war es auch, die beim Bahnhofsvorsteher von Hohenpeißenberg anrief, wenn einer vom Hubertushof zu spät losgelaufen war und die Gefahr bestand, den Zug zu verpassen – sie bat ihn, den Zug ein paar Minuten warten zu lassen, bis alle am Bahnhof angekommen wären.

Vom Bahnhof Hohenpeißenberg bis zur Pension Hubertushof musste man eine dreiviertel Stunde lang den Berg hinauflaufen. Ob die beiden am Bahnhof abgeholt wurden, entzieht sich der Erinnerung des Berichterstatters. Es ist aber sicher, wenn es so war, dann hatte der oder die Betreffende einen Leiterwagen (so einen vierrädrigen Handwagen) dabei und den Auftrag, auf dem Nachhauseweg noch beim Bäcker Sanktjohannser vorbeizugehen und zehn Laib Brot mitzubringen. Das war das Abendessen und das Frühstück für die Pensionsgäste.

Die Ortschaft Hohenpeißenberg liegt zwischen Schongau und Weilheim, im Zentrum des Pfaffenwinkels. Schon von weitem sieht man den markanten Hohen Peißenberg, der mit 988 m die höchste Erhebung im bayerischen Voralpenland ist. Die Straße auf den Berg, die auch Bergstraße heißt, führt am Hubertushof vorbei nach oben. Ganz oben befinden sich nur die Wallfahrtskirche Mariä Himmelfahrt, der Friedhof mit einem Leichenschauhaus, die Schule und ein Gasthof. Und ein meteorologisches Observatorium, die älteste Bergwetterstation der Welt. Die Kirche ist eigentlich eine Doppelkirche: Die ältere Gnadenkapelle »Unserer Lieben Frau« stammt aus dem Jahr 1514, ist jetzt also gerade 500 Jahre alt geworden. Der spätere Kirchenanbau wurde 1619 fertig.

Der Hohe Peißenberg wird wegen seiner großartigen Rundsicht über Alpen und Alpenvorland auch der Bayerische Rigi genannt. Eigentlich steht das Wort Rigi für ein Schweizer Bergmassiv. Na ja, es gibt ja auch im Südwesten von England, in Cornwall, eine »Cornish Riviera«.

Das Dorf liegt im Tal, rund um den Berg herum, und die Idee war, dass alle Einwohner und alle Schulkinder – egal, in welchem Teil des Ortes sie wohnten – einen gleich weiten und gleichermaßen unbequemen (weil sehr steilen) Fußweg

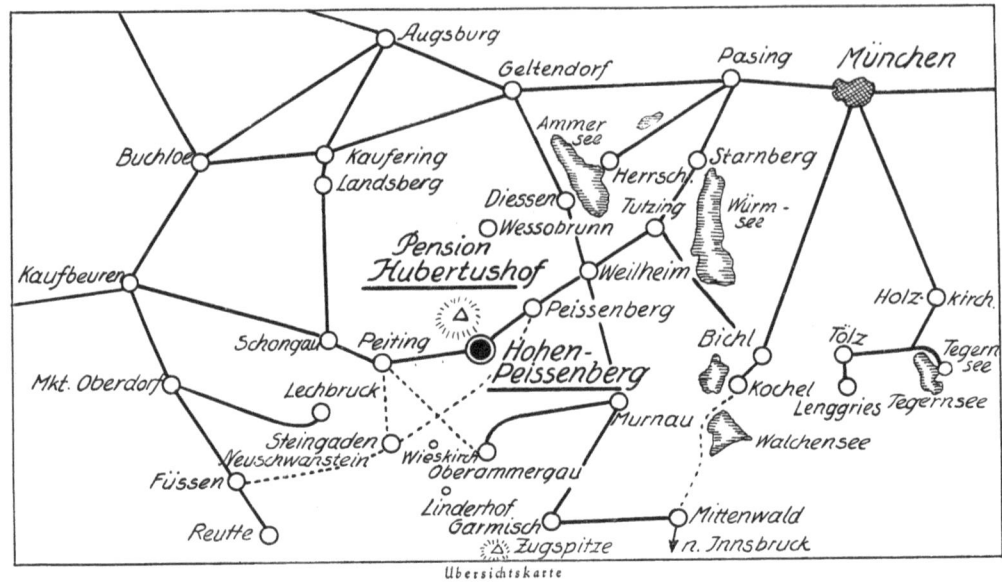

Hohenpeißenberg zwischen Weilheim und Schongau

zu ihrer Kirche und zu ihrer Schule hätten. Der Standort auf dem Gipfel was also eher zentral für die Anwohner.

Als seine Mutti wieder abgereist war, packte Helmuth so starkes Heimweh, dass ihm eines Abends ganz schlecht wurde. Frau Anners, auch Tante Grete genannt, die auf dem Hubertushof das Regiment in der Küche führte, riet ihm, ein wenig spazieren zu gehen. Er ging raus auf den Hof, rannte auf und ab und machte sich dabei lautstark Vorwürfe, freiwillig in diese Einsamkeit gegangen zu sein, weit weg von Mutti und Bruder. Er hat aber nachts nicht in sein Kopfkissen geweint!

Dabei hatte er das Glück, von der Familie van Scherpenberg auf das allerfreundschaftlichste aufgenommen zu werden. Und was das Wichtigste war: Es gab keinen Fliegeralarm mehr! Er lebte dort wie das Kind im eigenen Hause. Aß, spielte und schlief mit Harald, der zwei Jahre älter war, mit der gleichaltrigen Helga und dem vierjährigen Norman in einem Zimmer.

Helmuth musste nur zugeben, damals ein Bettnässer gewesen zu sein. Jeden Morgen versuchte er, dies dadurch zu verbergen, dass er zunächst den Fleck lässig mit der Bettdecke zudeckte, dann sein Bett selbst machte und hoffte, dass keiner etwas merken würde.

Scharlach in Berlin

Ursprünglich wollten Helmuths Mutter und sein Bruder Klaus in Kürze nachkommen. Das verzögerte sich aber leider etwas. Zunächst bekam Helmuth im Sommer des Jahres 1943 in Hohenpeißenberg von Kurt Exner, dem Prokuristen von Vaters Firma, Post. Das war für Helmuth sehr außergewöhnlich, denn bisher hatte er nur von seiner Mutter (und ab und zu auch vom Vater) gelegentlich einen Brief bekommen. Exner schrieb zunächst, Helmuth solle sich keine Sorgen machen; dann teilte er ihm mit, dass alle drei, also seine Mutti, Klaus und die Friedel, ins Krankenhaus eingeliefert worden seien. Ihr Kinderarzt war Dr. Hempel, der Klaus' ärgster »Feind« war, weil Klaus panische Angst vor Spritzen hatte und der liebe Onkel Doktor dafür »feiger Hund« zu ihm sagte. Dieser hatte bei Klaus Scharlach diagnostiziert, der allerdings schon wieder im Abklingen begriffen war. Da er aber seine Mutter und die Friedel angesteckt hatte, mussten die beiden Damen ins Krankenhaus. Klaus war eigentlich nicht mehr krankenhausreif, aber da keiner wusste, wohin mit dem achtjährigen Buben, musste er einfach mitkommen. Sie kamen ins Krankenhaus »Am Görlitzer Ufer« und wurden in einem großen Saal untergebracht, in dem schon mindestens vier oder fünf Leidensgenossen lagen – Männlein und Weiblein brav nebeneinander! Der Kriegszeit angepasst war das Krankenhaus, gelinde gesagt, ein Saustall – O-Ton Ursula Ristow! Bei Fliegeralarm mussten alle, auch die Schwerkranken, aus den Betten raus und runter in einen Luftschutz-Raum, wo sie regelrecht zusammengepfercht wurden.

Nach einiger Zeit wurden die drei in ein anderes Krankenhaus verlegt. Klaus hatte den Eindruck, im Paradies zu sein, bekam er doch ein Einzelzimmer! Seine Mutti regte sich zwar darüber auf, dass der achtjährige Klaus nicht zu ihr ins Zimmer durfte (auch nicht besuchsweise), sondern in der Männerabteilung bleiben musste. Aber Klaus war selig. Bis auf die Tatsache, dass er einen Einlauf verpasst

61

bekam, weil er längere Zeit nicht auf der Toilette war. Er empfand den als sehr brutal, er hatte das Gefühl, dass der ganze Einlauf oben wieder raus kommen würde. Obendrein bekam er auf dem Flur von einem männlichen Insassen noch eine heftige Backpfeife – er muss ihm wohl irgendwie dumm gekommen sein. Beides hat er nicht vergessen.

Im August 1943, nach sechs langen Wochen, waren sie dann soweit wieder hergestellt, dass sie das Krankenhaus verlassen konnten. Ganz fix wurden die Vorbereitungen für Klaus' und Muttis Reise nach Hohenpeißenberg getroffen. Nicht ohne sich noch von den Nachbarn Vorwürfe anhören zu müssen, dass Klaus ihre Kinder angesteckt habe. Dabei waren die vor ihm ins Krankenhaus eingeliefert worden. Sorgen hatten die damals …

Von der Friedel wurde noch bekannt, dass sie später ihren Verlobten Langbein – Objekt zahlreicher Karikaturen der Buben, die ihn mit einem längeren Bein darstellten – geheiratet hatte. In den Wirren des Krieges ging der Kontakt zu ihr nach einiger Zeit verloren. Es ist nicht bekannt, was aus ihr geworden ist.

Familie Ristow auf dem Hohenpeißenberg

Auf dem Hohenpeißenberg hat die Familie (allerdings ohne den Vater, der im Felde stand) die restliche Kriegszeit und das Kriegsende verbracht. Der Hubertushof war nicht nur ein Bauernhof, sondern in erster Linie eine Pension und blieb das den ganzen Krieg über. Die Zimmer waren außer mit den vorübergehenden Pensionsgästen mit Dauergästen belegt, die der Krieg hierher gespült hatte, unter anderem Leuten aus München, die sich vor den ständigen Bombenangriffen in Sicherheit gebracht hatten. Mutter Ristow half mit, wo sie konnte und machte sich vor allem in der großen Küche nützlich. Täglich dreimal mussten zwanzig bis dreißig Personen verköstigt werden, vorher kam das Einkaufen und hinterher der Abwasch. Scherpenbergs und Ristows Kinder – insgesamt fünf, die 1943 zwischen 5 und 12 Jahre alt waren – mussten mit schweren Rucksäcken beladen Gemüse und Brot vom Dorf den Berg hoch schleppen. Es gab auch einen Leiterwagen, in den passten alle fünf hinein. Mit dem sausten sie im Höllentempo die Bergstraße hinunter. Harald van Scherpenberg als der älteste saß vorne und steuerte die Deichsel mit den Füßen. Seine Schwester Helga saß hinten und machte mit einem Knüppel, der fest auf die Hinterräder gedrückt werden musste, die Bremserin. Klaus und Helmuth saßen rechts und links auf den Seitenwänden, und den 5-jährigen Norman[13], ihren kleinen Bruder, stopften sie irgendwo in die Mitte. Nach dem Einkaufen im Tal mussten sie den Leiterwagen schwer beladen wieder den Berg hoch ziehen.

Ursula Ristow ging aber auch in die Beeren und die Pilze. Unterhalb der »Adlerhütte«, dem bevorzugten Kinderspielplatz, war eine große Lichtung. Auf dieser reiften im Frühjahr nacheinander Himbeeren, Walderdbeeren und Brombeeren heran. Sie ging mit einer Milchkanne los und sammelte in kurzer Zeit so viele Himbeeren ein, dass die Küche allen Pensionsgästen einen kleinen Teller davon zum Nachtisch servieren konnte. Und die waren naturrein, das heißt nicht mit irgendwelchen Herbiziden oder Pestiziden gespritzt. Was natürlich den Nachteil hatte, dass in der einen oder anderen Beere eine Made wohnte. Die älteren Herrschaften setzten zum Nachtisch ihre Brillen auf und untersuchten jede einzelne Himbeere auf unerwünschte Bewohner, bevor sie die Früchte in den Mund steckten.

Der Vorteil dieser ergiebigen Lichtung war, dass ihn niemand außer den Bewohnern des Hubertushofs kannte. Eines Tages sah Ursula eine ihr fremde Frau, die ebenfalls dort herumstrich und nach Beeren suchte. Sie duckte sich sofort weg, damit die Frau sie nicht sehen konnte, vor allem nicht ihre wohlgefüllte Milchkanne. Die Fremde ist auch nie wieder gekommen.

Mit Milch, Sahne und Butter war der Hof Selbstversorger, sechs Kühe wurden täglich gemolken, damals noch von Hand, ohne Melkmaschine. Die Milch kam in die Küche, in der eine elektrisch angetriebene Zentrifuge stand. In dieser wurde die Vollmilch in Magermilch und Sahne geteilt. Wenn man die Magermilch in ein Glasgefäß, eine so genannte Satte, goss, gerann sie und konnte anderntags, mit Zucker bestreut, als köstliche Sauermilch oder Dickmilch genossen werden.

---

[13] Heute hat er eine eigene Homepage: www.norman-van-scherpenberg.de. Schauen Sie mal rein!

Übrig blieb die Molke. Die Sahne kam in das Butterfass, das von Hand betätigt wurde. Wenn man lange genug rührte, wurden daraus Butter und Buttermilch.

Zu den Kühen steuerte Ursula Ristow eine nette Geschichte bei. Jede Kuh hatte einen Namen: Alma, Rosel, Senta und so weiter, alles uraltbayerische weibliche Vornamen. Ursula erzählte die Geschichte von dem Milchbauern, der ein *Faible* für die Musen hatte, die bei den Griechen die Schutzgöttinnen der Künste waren. Und weil die Namen einiger Musen an Milchkühe erinnerten, hieß eine Kuh bei ihm »Euter-Pe« und die andere »Melk-Pomene«.[14]

Ursula meldete sich immer freiwillig zum Buttern, denn wenn ihr Sohn Helmuth in die Küche kam, griff sie mit der Hand ins Fass und steckte ihm heimlich ein Stück Butter in den Mund.[15] Sie hat ihm auch Butter ins Internat geschickt, als Päckchen mit der Post! Klaus hatte eine Allergie gegen alle von der Kuh stammenden Produkte. Er aß nur Margarine, weil er sonst Asthma bekam. In Oberbayern wurde er von dieser Krankheit Gott sei Dank nicht mehr befallen.

Eines Tages bekam Alma, die älteste Kuh im Stall, ein Kälbchen. Alle Kinder standen dabei und schauten diesem Wunder der Natur zu. Zuerst erschienen die Vorderbeine des Kälbchens, dann sein Kopf. Um die Vorderbeine wurde ein Strick gebunden und daran gezogen. So erleichterte man der Mutter die Geburt. Wenn das Kalb draußen war, dauerte es nicht lange, bis es aufstehen und auf seinen eigenen vier Beinen stehen konnte. Natürlich suchte es schnell das Euter der Mutter, um zu trinken. Die Erwachsenen lobten die Kuh und sagten: »Alma, hast Du aber ein schönes Kälbchen zur Welt gebracht!« Alma brummte dazu, sicherlich auch ein Zeichen der Erleichterung, und fand auch, dass ihr Nachwuchs gut geraten war.

Auf dem Hof liefen auch Enten und Hühner herum. Wenn eines von den Tieren geschlachtet wurde, geschah dies nicht so professionell wie bei Onkel Fritz

---

14 Euterpe ist die Muse der Lyrik und Melpomene die Muse der Tragödie.
15 Helmuths Frau Manuela wundert sich immer, warum er mit 80 Jahren immer noch dick Butter aufs Brot streicht. Hier ist vielleicht die Erklärung dafür.

Cunow in Trebnitz. Der- oder diejenige, die einer Ente den Hals durchschneiden wollte, hat sich dabei so ungeschickt angestellt, dass die Ente mit blutender Halswunde, sich laut quakend gegen diese »unentliche« Behandlung beschwerend, auf dem Hof herumlief und bei ihren Artgenossen Schutz suchte. Auch das Schlachten eines Huhnes geriet nicht so wie beim Onkel Fritz: Es wurde einfach hinter den Flügeln gepackt und mit dem Hals auf einen Holzklotz gehalten. Dann hat man ihm mit einem Hackemesser den Kopf abgeschlagen. Immerhin ließ man es dann ausbluten.

Tante Grete Anners hatte eine Dackelhündin namens Hedi, die auch durchgefüttert werden musste. Die hatte plötzlich ein wunderschön glänzendes Fell, was sich niemand erklären konnte. Von da an gaben die Hühner weniger Eier, als man von ihnen gewohnt war. Kurz darauf sah Helmuth, wie Hedi durch den Kuhstall lief – mit einem Ei im Maul! Sie brachte es fertig, die Eier so vorsichtig aus den Nestern zu holen, dass sie nicht zerbrachen. Sie wollte wohl damit in ihr Körbchen oder sonst wo hin, um es in Ruhe zu verspeisen. Empört rief er: »Hedi!« Erschrocken ließ sie das Ei fallen. Auf dem steinigen Stallboden ging es natürlich sofort zu Bruch. Helmuth hat Hedi dann verpetzt, so dass es von nun an wieder mehr Eier gab. Und Hedis Fell wurde wieder struppiger. Nicht nur die Tierärzte wissen, dass Eigelb gut für das Haarkleid von Hunden ist. Aus Mitleid mit dem armen Hundi durfte es, neben Tante Grete auf einem Stuhl am Tisch sitzend, mit ihr frühstücken. Dabei steckte sie ihm leckeres Brot, dick mit Butter belegt, ins Maul. Und das mitten im Krieg, als die Lebensmittel 25-Gramm-weise zugeteilt wurden! Die Pensionsgäste schauten fassungslos zu, sagten aber nichts. Aber sicher dachten sie sich ihr Teil, dass es einfach nicht gerecht ist, schließlich arbeitet die Hedi nichts und hilft nicht einmal bei der Heuernte mit.

Man wird sich wundern, warum das alles so ausführlich erzählt wird. Das erfolgt aus zwei Gründen. Einmal zeigt es, welche Anstrengungen Mutter Ristow den ganzen Krieg über machte, um ihre beiden Jungs durchzufüttern; sie war damit überaus erfolgreich. Zum andern kann man sehen, dass beide den Krieg und die Nachkriegszeit relativ unbeschwert erleben durften; vielleicht rührt daher das kräftige Nervenkostüm her, das Klaus und Helmuth immer ausgezeichnet hat.

Was die wenigsten wissen und noch weniger ahnen: Hohenpeißenberg besaß damals ein Bergwerk. In Peiting, Peißenberg und Penzberg (den drei »P«) wurde bis 1971 die Bayerische Pechkohle abgebaut, was Oberbayern weitgehend unabhängig von der Ruhrkohle machte. Wobei die Pechkohle, die auch als Glanzbraunkohle bezeichnet wird, der Ruhrkohle – was den Brennwert betrifft – nahezu ebenbürtig war. Lediglich ihr Ascheanfall war höher. Wo es Bergwerke gibt, da gibt es auch Knappen. Wenn ein Knappe starb, wurde er in seiner Bergwerksuniform bestattet. Vorher kam er aber drei Tage in das Leichenschauhaus, oben auf dem Berg neben dem Friedhof, und da hatten die Kinder auf dem Weg zur Schule Gelegenheit, dort vorbeizugehen und sich an den Fenstern die Nasen platt zu drücken. Das waren aber während des Krieges Gott sei Dank die einzigen Toten, die sie zu sehen bekamen.

Natürlich bekamen die Kinder auch hier im friedlichen Voralpenland mit, dass Krieg herrschte. Eines Tages erhielt einer der Pensionsgäste, eine Dame aus Berlin, einen Anruf. Ein Ferngespräch war damals nicht nur unüblich, sondern auch sehr teuer. Also musste es etwas wichtiges sein. Man teilte ihr mit, dass ihre Mutter bei dem letzten schweren Luftangriff auf Berlin ums Leben gekommen sei. Die Frau rannte heulend durch das Haus und schrie dauernd: »Meine arme Mutti, meine arme Mutti!« Alle Kinder wurden sehr nachdenklich. Man kann aber sagen, dass sie, insgesamt gesehen, doch eine unbeschwerte Zeit erlebt haben.

Scherpenbergs hatten ein Kindermädchen, Edelgard von Wodtke, die viel mit ihren Schützlingen unternahm und versuchte, allen – auch Helmuth – das Blockflöte spielen beizubringen. Helga hatte eine Ziehharmonika und nahm auch Unterricht. Wenn sie im Haus übte, jaulte die Hedi, der Hund von Tante Grete, in den hellsten Tönen. Im Kinderzimmer stand eine große hölzerne Truhe voller Kinderbücher, die Helmuth noch nicht kannte, und die er nach und nach alle gelesen hat. Vor allem ein Buch über die Geheimnisse des Sternenhimmels und des Weltalls hatte es ihm angetan.

Harald van Scherpenberg war schon mit ganz jungen Jahren ein begeisterter Biologe. Er sammelte Raupen, setzte sie in einen Karton und gab ihnen Blätter und Gräser zu fressen. Dann beobachtete er, wie die Raupen sich verpuppten, aus denen dann der fertige Schmetterling ausschlüpfte. Die anderen Kinder haben sehr viel bei ihm gelernt. Sie konnten zwar den Kohlweißling vom Zitronenfalter unterscheiden, aber er machte sie auf den Admiral, den Schwalbenschwanz und noch viele andere aufmerksam. Schon den Raupen würde man ansehen, was für ein Falter daraus wird. Einmal hatte er Libellen gefangen und in seinem Zimmer fliegen lassen – das fanden die Mütter weniger schön. Spinnen faszinierten ihn, vor allem das Paarungsverhalten der Kreuzspinne. Die weibliche Spinne saß in ihrem Netz und wartete. Um ihr die Wartezeit zu verkürzen, fing Harald ein Spinnenmännchen (das viel kleiner ist als das Weibchen) und setzte es der Spinne ins Netz. Dann forderte er alle auf zuzusehen, was jetzt passierte: Das Weibchen krabbelte zum Männchen, wickelte es blitzschnell in ein Spinnengewebe und ließ es darin zappeln.

Der zehnjährige Helmuth 1943 auf dem Hubertushof

Was das mit Paarung zu tun hatte, blieb allerdings unklar. Es sah vielmehr so aus, als wenn das Weibchen hier sein Abendessen präparierte. Weinbergschnecken interessierten Harald auch. Vor allem, weil ihm niemand erklären konnte, wie sich die Schnecken fortbewegen. Er wollte das immer herauskriegen und damit der Wissenschaft einen großen Dienst erweisen. Denn selbst, wenn man die Schnecke auf eine Glasplatte setzt und von unten beobachtet, wie sie sich fortbewegt, kann man nicht erkennen, auf welche Weise sie es schafft, voran zu kommen.

Seine Schwester Helga hatte auch Tiere, und zwar einen Stall voller Kaninchen. Unter anderem ein prächtiges Chinchillaweibchen, das gerade zehn Junge geworfen hatte. Helga nahm die Kleinen, die wirklich allerliebst aussahen, heraus, legte sie in einen Korb und zeigte sie im ganzen Haus herum. Dann brachte sie sie wieder zurück. Am nächsten Morgen lagen alle zehn tot im Käfig: Die Kaninchenmutter hatte die Jungen, als sie bei ihr trinken wollten, nicht mehr als die ihren erkannt, weil ihnen der Stallgeruch abhanden gekommen war. Sie hat alle zehn tot gebissen. Helga weinte bitterlich. Und für alle anderen war das eine Lehre. Aber in doppelter Hinsicht. Denn Harald und Helga unterhielten sich anschließend darüber, dass man das Muttertier jetzt wieder decken lassen müsse. Das war ein Begriff, der neu war für die Jüngeren. So wurden sie kurz vor ihrem zehnten Geburtstag aufgeklärt. Nicht nur darüber, wo die kleinen Kaninchen herkommen, sondern auch darüber, dass die kleinen Babys nicht vom Klapperstorch gebracht werden.

Mit ihrem kleinen Brüderchen Norman konnte man damals noch nicht so viel anfangen, weil er erst fünf Jahre alt war. Wenn nachts ein Gewitter tobte, verkroch er sich ängstlich bei Helmuth im Bett. Wobei dieser peinlich darauf achtete, dass Norman nicht merke, dass Helmuth schon wieder ins Bett gepinkelt hatte. Auch sonst passte Helmuth auf Norman auf. Als er einmal mit nackten Füßen in eine Glasscherbe getreten war, packte sich Helmuth den heftig blutenden Jungen auf den Rücken und trug ihn hundert Meter den Berg hoch ins Haus, wo er verbunden wurde.

Tagsüber hatten die Kinder vor den Gewittern keine Angst. Wenn eines vor die Alpen zog, saßen sie im Garten wie die Hühner nebeneinander auf einer Stange und skandierten:

»Hokus Pokus Fidibus,
dreimal schwarzer Kater;
kommt der Teufel selber nicht,
schickt er seinen Vater.«

Dann kam noch: »Eins – zwei – drei – jetzt!« – und schon blitzte es im Voralpenland. Wenn sie dann die Sekunden zählten, wie lange es dauerte, bis es donnerte, dann wussten sie auch, wie weit das Gewitter entfernt war. Sie ignorierten damit bewusst den Rat des in technischen Dingen eigentlich sehr fortschrittlichen Vaters Ristow. Etwas ostpreußischer Aberglaube musste doch bei ihm hängen geblieben sein. Denn er riet Klaus und Helmuth allen Ernstes, bei Gewitter nicht aus dem Fenster zu schauen! Wenn er gesagt hätte, man setzt sich bei Gewitter nicht auf einen erhabenen Platz im Freien, wie sie das taten, dann hätte er auf jeden Fall recht gehabt.

Heuernte in Oberbayern

Wenn auf dem Hubertushof die Heuernte losging, war Helmuth – und später auch Klaus – von Anfang an mit dabei. Die Heuernte war damals schwere Arbeit, und jede Hand wurde gebraucht. Morgens, wenn noch alle schliefen, kam der alte Herr Mägerle zu Fuß über den Berg und begann noch im Frühtau zu mähen. Ausgerüstet war er mit Sense, Kumpf und Wetzstein. Kumpf ist das süddeutsche Wort für Behälter. In diesem Fall war er mit Wasser gefüllt und wurde am Gürtel getragen. Mägerle begann oben am Hang und ging, die Sense regelmäßig schwingend, Schritt für Schritt bergab. Wenn Mägerle unten angekommen war, ging er wieder nach oben und begann die nächste Mahd. Alle paar Minuten blieb er stehen, holte den nassen Wetzstein aus dem Kumpf und schärfte die Sense. Schon früh wurde den Kindern eingeschärft, ab Anfang April nicht mehr in den Wiesen herumzulaufen und vor allem keine Steine hinein zu werfen – Steine machten die Sensen stumpf.

Obwohl gerade eine oberbayerische Wiese dazu einlädt, hinein zu laufen und Blumen zu pflücken. Mit gelben Himmelsschlüsselchen und Löwenmäulchen, weißen Margeriten, lila Teufelskralle, buttergelbem Löwenzahn und den schönen langen Gräsern ließen sich herrliche Sträuße zusammenstellen. Dazu Kälberkraut, Silberdistel und Wetterglocken (wenn man die pflückte, sollte es Regen geben). Gänseblümchen und Klee – obwohl für Sträuße zu klein – vervollständigten das bunte Bild, das die Wiesen boten. Tante Inge konnte ganz besonders schöne Sträuße binden: Sie steckte jede Blume und jedes Gräschen einzeln in die Vase. Sie sagte, nur so werde es ein richtiger Strauß, andernfalls hätte man einen »Struuz«. Was immer sie sich darunter vorstellte ...

Aber zurück zur Heuernte. Wenn der Schnitter seine Arbeit beendet hatte, die Sonne herausgekommen und die abgemähte Wiese halbwegs trocken war, kamen die Helfer mit Heugabeln und verteilten das nasse Gras gleichmäßig. Sobald es etwas angetrocknet war, das war gegen Mittag der Fall, musste es – wieder mit der Heugabel – gewendet werden. Das geschah unter Umständen zwei- oder dreimal am Tag. »Im Heu muss ma' schaffe«, heißt es im Badischen. Das gilt aber auch für das oberbayerische Heu. Denn abends, bevor sich der Tau auf die Felder senkte, kamen die Helferinnen und Helfer wieder, diesmal mit Rechen, und harkten das halbtrockne Heu zu langen Nachtschwaden zusammen, die am nächsten Morgen natürlich wieder gleichmäßig auf dem Feld verteilt werden mussten.

Der alte Mägerle ging inzwischen mit seiner Sense in die Scheune, setzte sich vor einen Amboss und begann zu dengeln. Wer dieses gleichmäßige Schlagen mit dem Dengelhammer, das einen hellen metallischen Klang erzeugt, einmal einen Sommer lang gehört hat, wird es sein ganzes Leben nicht vergessen. Die Sense wurde durch das Dengeln, also das Hämmern entlang der Schnittfläche, geschärft, auf dass sie ihm am nächsten Tag, wenn die nächste Wiese dran war, wieder gute Dienste leistete.

Mägerle war ein Original. Er konnte sich auch einiges erlauben. Wenn er zu früh ins Haus kam, um mit der Chefin etwas zu besprechen, und sie war noch nicht angezogen, dann schimpfte er im ganzen Haus herum, dass »die Weiber den ganzen Vormittag im Bett rum flackten«. Und die Kinder lernten bei ihm, herrlich oberbayerisch zu fluchen. Der längste, den sie kannten, lautete: »Himmihergottsakramentkreizkruzitürkennoamoi.«

Helmuth hatte bei Mägerle ein Stein im Brett. Ein oder zwei Jahre später ermahnte er Mutter Ristow, ihm gut zu Essen zu geben, er sei sein bester Mann! Mit noch nicht ganz zwölf Jahren, da war er stolz.

Mägerle selbst brockte, wenn er in der großen Küche saß und frühstückte, sein Brot in den Milchkaffee, streute noch Zucker darüber und löffelte die Pampe aus der Tasse. Die Buben schauten fasziniert zu und machten es ihm nach. So wie sein ausländischer Hilfsarbeiter. Der setzte aber noch einen oben drauf: Wenn es nach dem Essen noch einen Pudding gab, dann packte er ihn gleich zum Hauptgang dazu; er meinte auf entsetzte Fragen, das käme doch alles in einen Magen.

Ab jetzt wurde also jeden Tag im Heu geschafft. Bei schönem Wetter konnte man es am dritten Tag in die Scheune fahren. Es gab aber auch Jahre, in denen die Sonne so heiß vom Himmel brannte, dass das Heu bereits am zweiten Tag eingebracht werden konnte. Wenn es regnete, kam es auf »Hoanzen«. Heinzen oder Heureiter waren Gestelle, auf denen das Heu getrocknet wurde, damit es nicht mit dem nassen Boden in Berührung blieb. Man musste dann abwarten, bis die Sonne wieder schien. Denn nasses oder auch nur feuchtes Heu ins Heustadel zu fahren ist gefährlich, weil es gärt, heiß wird und sich im schlimmsten Fall selbst entzünden kann. Die modernen Maschinen, die man heute einsetzt, die das Heu aufsammeln, zu großen Ballen pressen und auch noch binden, sind mit einem Feuchtemesser ausgerüstet und schalten ab, wenn das Heu mehr als 20 % Feuchtigkeit aufweist.

Auf dem Hubertushof wurden Hansl und Maxl, die beiden Ochsen, vor den großen Leiterwagen gespannt und zum Einbringen des Heus aufs Feld geführt, denn einen Traktor gab es auf dem Hubertushof nicht. Vorher wurden ihre Köpfe mit einer grässlich stinkenden Salbe eingerieben, um die Bremsen fernzuhalten. Diese Salbe sah aus wie Wagenschmiere. Vielleicht war es auch welche. Bremsen sind ekelhafte Stechfliegen, die den Ochsen ständig um Maul, Nüstern und Augen herumschwirren und sie unruhig machen. Da sie sich von dem Gestank nicht abschrecken lassen, muss ein »Bremsenwedler« her. Das war in der Regel der Jüngste von den Buben, also der Norman, der für die Arbeit im Heu noch zu klein war. Der brach sich von einem Strauch einen großen Zweig mit vielen Blättern ab und hatte die Aufgabe, die Bremsen von den Ochsen fernzuhalten. Wer dazu eingeteilt war, hasste diese Arbeit.

Wie kommt das Heu auf den Wagen? Zuerst musste es auf den Wiesen zu großen Schwaden zusammengerecht werden. Dann kam der Mägerle mit der Heugabel, schob sich einen großen Ballen zurecht, steckte die Gabel hinein, hob den Heuballen über den Kopf, lief zum Wagen und warf das Heu hinein. Wenn sich der Wagen langsam füllte, musste jemand auf den Wagen klettern, das lose Heu zuerst etwas zusammenstampfen, dann Heuballen für Heuballen in Empfang nehmen (aufpassen, dass man nicht von der Heugabel gepikt wurde!) und dann einen Ballen links, einen Ballen rechts, und den dritten in der Mitte zwischen den beiden ablegen, um sie zu fixieren. So wurde der Wagen erst mit einer Lage gefüllt, und dann kam die zweite dran. Das ging solange, bis der Mägerle nicht mehr rauflangen konnte. Dann wurde erst einmal in die Tenne oder das Heustadel gefahren, um das Heu abzuladen.

Dramatisch wurde es, wenn ein Gewitter drohte.

Einmal ist es passiert, dass die Mannschaft nicht aufgepasst hat und der volle Wagen umfiel. Denn die gesamte Heuernte fand am Hang statt, es gab so gut wie keine ebenen Flächen. Wenn man dann an einen zu steilen Hang geriet und das

Ochsengespann zu früh wendete, bekam die Ladung das Übergewicht. Blöderweise arbeiteten auf einem benachbarten Feld andere Bauern im Heu und bekamen das mit. Ihr hämisches Lachen blieb den Beteiligten lange in Erinnerung: Wer den Schaden hat, spottet jeder Beschreibung!

Im zweiten oder dritten Jahr, also 1944 oder 1945, als Helmuth mittlerweile elf Jahre alt geworden war, übernahm er die Aufgabe, das Heu oben auf dem Wagen in Empfang zu nehmen, weil er lang aufgeschossen war und die längsten Arme hatte. Tante Inge erkannte seine schwere Arbeit dadurch in besonderer Weise an, dass sie ihm für jeden Wagen 50 Pfennig Lohn versprach. In einem Jahr bekam er nach der Heuernte zwanzig Mark von ihr, was vierzig Wagen Heu entsprach. Außerdem setzte seine Mutter durch, dass er jeden Tag ein Glas Vollmilch – frisch von der Kuh! – bekam. Sie war es auch, die bewundernd die kräftiger werdenden Muskeln ihrer Jungs betrachtete. Fast wie beim Neffen von Hans Söhnker. Sie meinte, in späteren Jahren könnten sie, wenn sie darauf angesprochen würden, sagen: »Dünnemals, in der dicken Zeit, da mussten wir alle ran.«

Wenn man einige Zeit, nachdem das Heu eingefahren war, barfüßig über die Wiesen lief, musste man aufpassen. Denn zahllose Wespen bestäubten den blühenden Klee. Und wer vom Hubertushof rauf zum Pröbstelsberg lief, konnte oben schon mal vier oder fünf Wespenstiche in seinen Füßen vorweisen. Im Herbst blühte der blaue Enzian mit der glockenförmigen Blüte.[16] Und wenn die Wiesen etwas feuchter waren und der Landwirt Pech hatte, dann durfte man die schöne, aber leider giftige Herbstzeitlose oder den gelben Hahnenfuß bewundern.

Im Herbst gab es dann noch einmal die 2. Ernte, das Grummet. Während das getrocknete Gras vom 1. Schnitt überall Heu heißt, sagen die Österreicher Grumt, die Südwestdeutschen Öhmd und die Schweizer Emd. Das Grummet hat einen hohen Eiweißgehalt und ist daher besonders gut für das Milchvieh, die es auch gerne fressen. Pferde vertragen es weniger gut, sie bekommen Koliken davon. Die Ernte des Grummet unterscheidet sich nicht wesentlich von der Heuernte, aber die Grashalme sind kürzer, und deshalb kann man die Wägen nicht so voll laden, man muss also öfters vom Feld zur Tenne fahren.

---

16 Der Erinnerung nach hat es sich wohl um den Clusius-Enzian gehandelt (sh. Wikipedia).

In der Zwergenschule

In der Schule auf dem Hohenpeißenberg mussten sich Klaus und Helmuth erst einmal an den oberbayerischen Dialekt gewöhnen. Das erste Erlebnis hatte Helmuth, als er in der Pause raus gehen wollte. Ein Mitschüler streckte den Arm aus und versperrte ihm den Weg mit den Worten »Hoit, Bur«. Helmuth hatte schon die Geschichte von dem heldenhaften Kampf der Buren gegen die Engländer gelesen. Aber der fand in Südafrika statt. Wieso sollte er ein »Bur« sein? Und wieso heute? Es war ein schwieriger Dialekt, den er da als Berliner lernen musste. Dann wurde ihm auch klar, dass der Mitschüler nicht »heute« sondern »halt« gesagt hatte, und nicht »Bur«, sondern »Bua«, also »Halt, Bube!« Und wenig später hatte er schon selbst etwas vom oberbayerischen Dialekt angenommen, denn Klaus sagte, als er auch in Hohenpeißenberg angekommen war, anfangs ständig zu ihm: *Helmuth, sag' nicht immer »gell«.* »Wir haben heute schönes Wetter, gell?« In Berlin sagt man »nich?«.

Immerhin erwarben Klaus und Helmuth – wie sie sagten – dort die Qualifikation für das Amt des Bundespräsidenten. Denn wie der zweite Präsident der Bundesrepublik Deutschland, Heinrich Lübke (1894–1972, Bundespräsident von 1959–1969) gingen sie in eine »Zwergenschule«, vier Klassen in einem Raum. Und ein Lehrer, der Herr Wölzenmüller, der es fertig brachte, alle gleichzeitig zu unterrichten. Während beispielsweise die einen Schönschreiben übten und die anderen etwas zeichneten, fragte er die Viertklässler ab. Aber nicht einzeln, sondern er stellte allen gleichzeitig eine Frage. Er wollte dann nicht, dass sie sich meldeten, sondern es kam das Kommando: »Schreibt!« In den Schulbänken war vorne ein Fach, in dem die Schiefertafeln senkrecht drin steckten. Sie holten also befehlsgemäß ihre Schiefertafeln heraus und kritzelten mit dem Griffel die Antwort darauf. Dann ging Wölzenmüller durch die Reihen, schaute sich das an und schickte jeden, der die falsche oder keine Antwort aufgeschrieben hatte, nach vorne, vor die ganze Klasse zum Lehrerpult. Dort hielt man die flache Hand auf und bekam mit dem Rohrstock eine echt oberbayerische Tatze. Als Helmuth eines Tages auch nach vorne gehen musste, schickte er ihn wieder zurück, ohne Tatze, mit den Worten: »Du bist aus Berlin, Du brauchst das nicht zu wissen!« –

Immerhin lernte man dort die Namen aller Bahnstationen von München über Weilheim nach Garmisch-Partenkirchen auswendig.

Klaus hatte auch in Erinnerung, dass er als »Saubreiß« von Anfang an schlecht behandelt wurde, heute würde man »gemobbt« sagen. Eines Tages im tiefsten Winter fehlten nach dem Unterricht plötzlich seine Stiefel, die er wie alle anderen vor dem Klassenzimmer im Gang abstellen musste. Es blieb ihm nichts anderes übrig, als durch den Schnee in Socken nach Hause zu gehen. Die anderen Schüler waren alle schon weg, keiner half ihm. Als er dann mit seiner Mutti noch einmal in die Schule ging, fanden sie seine Schuhe in irgendeiner Ecke versteckt.

Trotz allen Schikanen hatte Klaus einen Freund in der Klasse, den Matthias (genannt Hiasl) Müller, der auf dem Pröbstelsberg oberhalb des Hubertushofs zu Hause war. Die Freundschaft hielt viele Jahrzehnte lang, zu Klaus' 50. Geburtstag folgte Matthias seiner Einladung, den Tag mit ihm in Karlsruhe zu feiern.

Auch die Lehrer waren nicht besonders freundlich. Eines Tages hatte Klaus, der in einer anderen Klasse als Helmuth war, ein dringendes Bedürfnis, und so meldete er sich bei der Lehrerin, einem Fräulein Winter, mit dem Bemerken: »Fräulein, ich muss mal!« »Es ist bald Pause, du kannst warten« war die Antwort. Nachdem er sich wegen der inzwischen eingetretenen Dringlichkeit erneut meldete, bekam er die gleiche Antwort. Nach einigen Augenblicken meldete sich sein Banknachbar:

Freillein, der hot in'd Hos'n g'soacht![17] Da musste Klaus nun eigentlich nicht mehr raus, aber nun konnte es dem *Freillein* gar nicht schnell genug gehen, dass er raus kam.

Damit die Jungs in der Schule nicht verhungerten, bis sie zum Mittagessen nach Hause kamen, kriegten sie für die große Pause ein »Schulbrot« mit. In Berlin hieß das noch »Klappstulle«. Die Stullen der Kinder vom Hubertushof waren aber nichts gegen die »Brotzeit«, die die Einheimischen von zu Hause mitbrachten, die waren dick mit Butter und Wurst belegt, auf die die Berliner neidisch schielten. Manchmal – sie hatten ja immer Hunger – kam es auch vor, dass der eine oder andere einen Hohenpeißenberger »Buam« anbettelte, ihm etwas davon abzugeben.

---

17 Fräulein (die übliche Anrede für die Lehrerinnen), der hat in die Hosen geseicht (gepinkelt).

Gegen Ende des Krieges gab es auch hier den zu dieser Zeit üblichen Fliegeralarm. Mangels eines Schutzraums wurden die Kinder der Einfachheit halber in den nahen Wald geschickt. Gleichzeitig mit dem Bemerken, sich ruhig zu verhalten. Aber die feindlichen Bomberverbände wollten von den Schülern gar nichts. Sie konnten in riesigen Pulks ungehindert vom Westen her einfliegen, entlang der Nordseite der Alpen bis auf die Höhe von Murnau am Staffelsee. Dort bogen sie dann nach Norden ab Richtung München, um diese Stadt bei Tage anzugreifen. Dabei waren vor allem die so genannten ‚Fliegenden Festungen' der Firma Boing.[18] Sie hießen so, weil sie bekannt dafür waren, dass sie aus ihren Einsätzen trotz schwerer Schäden heim fliegen konnten. Vorher segelte haufenweise das »Lametta« vom Himmel, die dünnen Stanniolstreifen aus Zinnfolie, die als Täuschkörper zum Schutz vor der Radarerfassung der Flugzeuge dienten.[19] Und wenn die Bomber zurückflogen, konnte man vom Berg aus den Horizont im Osten rot gefärbt sehen. Fast wie das Abendrot, nur aus der falschen Richtung.

Am Ende des Schuljahres gingen alle Schülerinnen und Schüler geschlossen in die Kirche, die ja nicht weit von der Schule weg war, weil sie auch oben auf dem Berg lag. Die überwiegende Mehrzahl der Kinder waren Katholiken. Die wenigen Protestanten, also vor allem die beiden Berliner, wurden aufgefordert, mit in die Kirche zu kommen, sich in die hinterste Reihe zu setzen, aufzustehen, wenn die anderen aufstanden, und sich im übrigen ruhig zu verhalten. Da machten sie zum ersten Mal Bekanntschaft mit der Liturgie, der Form des kirchlichen Gottesdienstes. Sie waren erstaunt von der Zeremonie, besonders vor dem Altar, die sie nicht kannten. Zunächst sahen sie, wie alle, die die Kirche betraten, ihre Finger in Weihwasser tauchten, ein Knie beugten und sich mit dem Blick zum Allerheiligsten bekreuzigten. Dann beobachteten sie, wie der Priester hin- und herlief und die Messdiener die Weihrauchkessel schwenkten. Und natürlich nahmen

---

18 Flying Fortress, Boing B-17, von denen über 12.000 Stück gebaut wurden, gegen Kriegsende bis zu 16 Stück am Tag. Reichweite über 7.000 km. (Quelle: Wikipedia.)
19 Diese Stanniolstreifen wurden in Deutschland Düppel genannt, der Abwurf hieß „Verdüppeln". In Düppel, südlich von Berlin-Zehlendorf, waren sie von der deutschen Luftwaffe (zeitgleich mit den Engländern) entwickelt worden. Bei einem einzigen Luftangriff der Royal Airforce kamen 40 Tonnen davon zum Einsatz.

sie den starken Geruch des Weihrauchs wahr – das waren alles Sachen, die sie sonderbar fanden, sie aber gleichzeitig faszinierten.

Schon vorher waren ihnen die vielen »Marterln« aufgefallen, die Pfeiler mit dem Kruzifix, dem gekreuzigten Heiland. Die standen an allen möglichen Wegen und Straßen. Kruzifixe hingen aber auch in den Klassenzimmern. Das war eine Form der Gottesverehrung, die die Jungs aus dem protestantischen Berlin nicht kannten. Natürlich hat es Versuche des NS-Regimes gegeben, Kreuze und Kruzifixe aus dem öffentlichen Raum zu entfernen. Aber die bayerischen Katholiken haben sich mit Erfolg gegen eine Anordnung des Gauleiters Adolf Wagner aus dem Jahr 1941 gewehrt, die Kreuze aus den bayerischen Klassenzimmern entfernen zu lassen und durch »zeitgemäßen Wandschmuck« zu ersetzen. Wahrscheinlich meinte er damit das Führerbild.

Kräuter sammeln für den Endsieg

In der Schule wurde man dazu angehalten, Heilkräuter zu sammeln, daheim zu trocknen und in der Schule abzuliefern. Hierzu zählten zum Beispiel die gelben Himmelsschlüsselchen, die Blüten der Taubnesseln, der Huflattich sowie der Spitz- und der Breitwegerich. Ab 100 Gramm abgelieferter Kräuter gab es Punkte. Aber sammle mal 100 Gramm getrocknete Taubnesselblüten, das schafft man in einem Sommer kaum. Helga van Scherpenberg hatte den Ehrgeiz und bekam viele Punkte. Aber Helmuth verlegte sich auf den Huflattich. Der hat große Blätter, und wenn sie trocken waren, wogen sie fast immer noch so viel wie vorher. Dass es dafür weniger Punkte gab, störte ihn nicht. Mit den Schlüsselblumen gab es allerdings ein Problem. Denn Tante Inge weigerte sich zu erlauben, in die Wiesen zu stiefeln und diese hübschen Pflanzen abzupflücken. Und der Enzian, obwohl als Heilmittel bekannt, stand angeblich unter Naturschutz und durfte erst recht nicht gesammelt werden. Das war eine Form ihres Widerstands gegen das Nazi-Regime.

Wobei die Kinder nicht merkten, wie indoktriniert sie bereits von der Propaganda waren, besonders – wie schon erwähnt – gegen die Polen und die Juden.

Das machte sich vor allem dadurch bemerkbar, dass die Liane, eine verholzende Kletterpflanze, bei ihnen nur der Judenstrick hieß. Und der Hasenbovist oder Wiesenstäubling hieß Judentabak, weil der dem Champignon ähnliche, kugelförmige Fruchtkörper im Herbst braun wurde und – wenn man darauf trat – tabakfarbenen Staub ausblies.

Eine andere Form von Tante Inges Widerstand war, regelmäßig BBC London – den »Feindsender« – zu hören. Das war streng verboten. BBC meldete sich mit den charakteristischen vier Schlägen, der Eingangsmelodie zu Beethovens Neunter Symphonie: da-da-da daa, also erst drei kurze Schläge und nach einer kleinen Pause der vierte, etwas längere. Damals kursierte ein Witz, der auch uns auf dem Hubertushof erzählt wurde. Frage: Was ist paradox? Antwort: Wenn jemand, der zur Gestapo einbestellt wird, weil er im Verdacht steht, den Feindsender abgehört zu haben, an der Tür des Sachbearbeiters mit eben jenem Schlagrhythmus anklopft: da-da-da daa …

Verbotene Spiele

Außerdem erlaubte man den Kindern, bei schlechtem Wetter Monopoly zu spielen. Das Spiel war von den Nazis verboten worden. Gegen Ende des Krieges wohnten ja acht Kinder zwischen sechs und vierzehn Jahren auf dem Hubertushof. Nachdem sie die relativ einfachen Spielregeln einmal kapiert hatten, saßen sie mit hochroten Köpfen um das Spielfeld, kauften erst die Grundstücke, dann die Häuser, dann die Hotels, kassierten Mieten und freuten sich, wenn sie unbeschadet »über Los« kamen und 4000 Mark kassierten, oder wenn sie ein paar Runden ins Gefängnis mussten – oder eher durften. Denn dann bestand keine Gefahr, auf einem Feld zu landen, wo schon ein paar Hotels standen und man die Miete nicht mehr aufbringen konnte. Bis das Geheule losging, dann war es aus mit dem Frieden. Statt das rettende »Los« zu erreichen, landete einer auf der Parkstraße, musste blechen und konnte nicht – er war bankrott und musste ausscheiden. Dann flossen die Tränen. Ein anderer gewann alles und wurde Monopolist. Das war die Vorbereitung auf das wirkliche Leben.

Bei schönem Wetter spielten die Kinder abwechselnd Krieg oder Indianer. Indianer war schöner. Inzwischen hatten sie James Fenimore Coopers »Lederstrumpf« gelesen, wussten, wie die Indianerstämme und ihre Häuptlinge hießen, und welche Farbe ihre Kriegsbemalung hatte. Harald war Chingachgook, der letzte Mohikaner, und mit seiner schwarz-weißen Gesichtsbemalung sah er – ganz wie sein Vorbild – aus wie ein Gespenst. Helmuth war Uncas, die anderen Irokesen oder Huronen, oder – wer auch schon Karl May gelesen hatte – Apachen. Keiner wollte ein feiger Comanche sein. Das waren Angehörige eines kriegerischen Prairievolkes, die mit den Apachen – und damit mit dem edlen Winnetou – verfeindet waren. Wenn die Erwachsenen sie ärgern wollten, dann sagten sie, sie hießen »Häuptling Stinkende Socke vom Stamm der Schweißfußindianer«.

Aus einem drei bis vier Zentimeter breiten Streifen Wellpappe bastelten sie sich einen Kopfschmuck. Der Streifen musste so lang sein, dass er wie ein Stirnband um den Kopf passte. In die Löcher steckten sie Hühnerfedern, die im Hühnerstall herumlagen oder anfielen, wenn ein Huhn geschlachtet wurde. Wenn ein lebendiges Huhn eine besonders schöne Feder nicht freiwillig hergeben wollte, kam es schon einmal vor, dass das arme Tier gepackt (hinter den Flügeln festhalten!) und ihm die Federn ausgerupft wurden.

Aus Haselnussstecken oder dem Holz der Eberesche bauten sie sich Flitzbogen. Die Bogensehne war ein einfacher Bindfaden – der während des Krieges eigentlich schon zu den Kostbarkeiten gehörte, die man sorgfältig hütete, und die die Erwachsenen gar nicht gerne herausgaben.

So streiften sie durch die Wiesen und die Wälder und waren glücklich. Erst sehr viel später wurde ihnen klar, was für eine unbeschwerte Kindheit sie erleben durften.

Angst vor englischen Gemeinheiten

Inzwischen wurden sie mit dem Krieg insofern konfrontiert, als sie vor Gemeinheiten gewarnt wurden, die sich die Engländer ausgedacht hätten, um die Zivilbevölkerung, auch die auf dem Land, einzuschüchtern und möglichst auch zu schädigen. Da war von Drehbleistiften die Rede, die sie abwarfen, die aber in Wirklichkeit kleine Sprengkörper waren, die explodierten, wenn man sie in Betrieb nehmen wollte. Das war natürlich alles Unsinn. Wenn ein solcher Drehbleistift im Himmel abgeworfen wird, kommt er sicher nicht heil unten an. Am meisten wurde aber die Angst vor dem Kartoffelkäfer geschürt. Der sollte angeblich ebenfalls vom Flugzeug abgeworfen werden, direkt über den zahlreichen Kartoffeläckern. Also wurden die Schulkinder aufgefordert, regelmäßig durch die Kartoffelfelder zu laufen und die Blätter sorgfältig nach den Käfern abzusuchen. Vorher wurden sie durch Schautafeln darüber informiert, wie so ein Tier aussieht. Sie glauben aber, sich erinnern zu können, dass sie nicht einen einzigen englischen Kartoffelkäfer gefunden haben.

Oberschule

Am Ende der Schulzeit, im Herbst 1943, musste Helmuth in das fast 14 km entfernte Weilheim, um die Aufnahmeprüfung für die Oberschule zu machen. Er ist den ganzen Weg zu Fuß gegangen, immer die Straße entlang in der Hoffnung, von einem Auto mitgenommen zu werden. Er überholte aber nur ein schwer beladenes Pferdefuhrwerk und fragte, ob er aufsitzen dürfe. Der Kutscher schaute ihn nur mitleidig an und bemerkte ganz richtig, dass er zu Fuß schneller voran käme als mit seinem Gefährt.

Da Helmuth unmöglich jeden Tag zu Fuß nach Weilheim in die Höhere Schule laufen konnte (und wieder zurück), kam er im Herbst ins Internat, ins Landheim Unterschondorf am Ammersee, und dort blieb er vier Jahre lang, bis 1947.

7

Helmuth im Internat

Non scholae sed vitae discimus

Nach der familiären Atmosphäre, die Helmuth auf dem Hohenpeißenberg genießen durfte, war der Einzug in das Landheim Unterschondorf am Ammersee im Herbst 1943 eine gewaltige Umstellung für ihn. Es war als Landerziehungsheim mit Oberschule für Jungen 1905 von Julius Lohmann gegründet worden. Jetzt wurde es von Dr. Ernst Reisinger geleitet. Es handelte sich also nicht um die berüchtigte Napola – der national-politischen Erziehungsanstalt der Nazis –, da hätten ihn seine Eltern niemals hingeschickt. Harald van Scherpenberg, zwei Jahre älter als Helmuth, war schon 1941 im Landheim eingeschult worden, Schondorf war also der Familie Ristow bestens bekannt. Außerdem waren inzwischen auch Mädchen aufgenommen worden, es war also keine reine Jungensschule mehr.

Das Landheim besteht aus 26 einzelnen Gebäuden. Helmuth wurde zunächst im Großen Schlafsaal des Haupthauses untergebracht. Über dem Eingang des Haupthauses prangte die Inschrift: Non scholae sed vitae discimus – nicht für die Schule, sondern für das Leben lernen wir. Wenn bei den jährlichen Nikolausfeiern des Landheims alle seine Einrichtungen einschließlich der Lehrerinnen und Lehrer bis hinauf zum Chef auf den Arm genommen werden durften, konnte man darauf wetten, dass auch dieser Spruch erschien, aber umgedreht: Non vitae sed scholae discimus.

Der große Schlafsaal befand sich im zweiten Stockwerk. Darin standen 20 Betten für die Erstklässler, die im Landheim-Jargon »Frösche« genannt wurden. Auf dem Flur hatten sie ihre Spinde. Gewaschen haben sie sich im angeschlossenen Waschsaal. Die Aufsicht führte die »Mama«, eine sehr nette ältere Dame namens

Hedwig Blendinger, die von ihnen tatsächlich nur mit Mama angeredet wurde. Sie stand am Eingang zum Waschsaal, alle Nackedeis huschten an ihr vorbei, und sie passte auf, dass sie sich die Zähne putzten. Wenn die Jungs in den Schlafsaal zurückgingen, fragte sie der eine oder andere im Vorbeigehen: *Mama, bin ich sauber?* Worauf zu aller Vergnügen jedes Mal die Antwort kam: *Ja, du bist ein Saubär!*

Ihre dreckigen Stiefel oder Schuhe stellten die »Frösche« abends auf den Gang. Man mag es glauben oder nicht: Bis zum Ende des Krieges gab es einen Mann, der den Fröschen nachts die Schuhe putzte! Allerdings waren sie mit seiner Arbeit nicht immer zufrieden. Denn er verwendete, um den größten Schmutz zu entfernen, zunächst ein Messer und machte damit ab und zu einen Schnitt ins Leder.

Morgens nach dem Wecken mussten alle Schüler auf dem Hof antreten. Zunächst wurde gefragt, wer wegen irgendwelcher Wehwehchen »dispensiert« sei; der durfte zurück in den Schlafsaal. Die anderen machten Frühgymnastik. Danach ging es wieder nach oben zum Waschen. Vor dem Frühstück versammelten sich Lehrer und Schüler aber erst noch im Vortragssaal, in dem eine Musikvorführung stattfand, meistens ein kleines Geigenkonzert mit Klavierbegleitung, vorgetragen vom Musiklehrer oder der Musiklehrerin in einem Trio oder einem Quartett mit musikalisch begabten Schülerinnen oder Schülern. Da Helmuth schon immer recht unmusikalisch war, kam ihm das Ganze mehr vor wie »Zupf-zupf, ping-ping«, das man einfach über sich ergehen lassen musste.

Nach dem Frühstück ging es in die Klassenzimmer, und der Unterricht begann. In jeder Klasse hing ein Bild von Adolf Hitler. Wenn eine Lehrerin oder ein Lehrer in die Klasse kam, mussten alle aufstehen, den rechten Arm zum Hitlergruß ausstrecken und mit »Heil Hitler« grüßen. Der Mathematiklehrer, Jonas Bauer, war Ortsgruppenleiter der NSDAP, er kam nie anders als in SS-Uniform und mit der Hakenkreuz-Binde auf dem Oberarm in die Schule. Aber er bot hervorragenden Unterricht.

Es war also nicht wie in der Kadettenschule, in welcher der aus zahllosen Witzen berühmte Oberst den Offiziersanwärtern »das Rechnen lernen« sollte. Der kam in die Klasse und sagte zackig: »Also, alle mal aufjepasst! Satz des Püthajoras! A Quadrat plus B Quadrat gleich C Quadrat. In bürjerlichen Schulen pflegt man diesen Satz zu beweisen. Bei uns jilt det auf Ehrenwort.«

Der Biologie-Lehrer Dr. Felix Zielinski, der unvergessener »Ziu«, bewegte nur die Lippen und konnte nach dem Krieg ohne rot zu werden sagen, dass er in seinem ganzen Leben nicht ein einziges Mal »Heil Hitler« gesagt hätte. Was ihm aber nicht alle abnahmen.

Nach dem Mittagessen war zwei Stunden lang »Körperliche«. Das Landheim besaß diverse Werkstätten, unter anderem eine Schreinerei, eine Schlosserei, eine Töpferei, eine Buchbinderei und eine große Gärtnerei. In denen wurde körperliche Arbeit geleistet, daher der Name. Wer nicht das Glück hatte, in einer dieser Werkstätten aufgenommen worden zu sein, musste wieder auf dem Hof antreten und wurde zu anderen »körperlichen Arbeiten« abkommandiert. In der Gärtnerei gab es immer etwas zu tun, aber manchmal musste man auch in die Küche und Kartoffeln schälen oder Heringe entgräten; oder Holz hacken und die Scheite aufstapeln, also richtig schwere Arbeit leisten. Eine Ausnahme bildeten die »Frösche« der ersten Klasse, die sich mit Bastelarbeiten beschäftigten.

Man konnte aber auch Musikunterricht nehmen und – wie beispielsweise Helmuth – versuchen, bei einem Musiklehrer das Klavierspielen zu lernen. In jedem Klassenzimmer stand ein Klavier, und im Musikzimmer sogar zwei wertvolle Flügel. Es gab also für viele Schüler gleichzeitig viele Möglichkeiten, Klavier zu spielen. Bei Helmuth hielt die Begeisterung allerdings nicht lange an. Denn als er das Stück »Bald gras' ich am Neckarstrand …« spielen sollte, wurde von ihm verlangt, mit der linken Hand andere Tasten anzuschlagen als mit der rechten. Das bekam er nicht auf die Reihe. Außerdem bemängelte der Klavierlehrer, dass sein Zeigefinger, wenn er gerade nicht gebraucht wurde, immer wie eine Sprungschanze in die Höhe zeigte.

Nach der »Körperlichen« ging es in die Klassenräume zur »Arbeitsstunde«, in der unter der Aufsicht einer Lehrerin oder eines Lehrers zwei Stunden lang Schularbeiten gemacht wurden. Die Aufsicht sorgte dafür, dass in der Klasse absolute Stille herrschte. War einmal kein Lehrer verfügbar, dann wurde ein Schüler dazu bestimmt, für Ruhe zu sorgen und Störer auf der großen Tafel zu notieren. Dabei ärgerte Helmuth sich einmal so über seinen Klassenkameraden Peter Canisius Koeppel, dass er vorging und ihn beiseite schubste. Helmuth wurde aufgeschrieben, weil er seinen Nebenmann kurz etwas gefragt hatte. Dass Peter

Helmuths Namen wegen so einer Kleinigkeit an die Tafel schrieb, empfand dieser als mittelgroße Ungerechtigkeit. Koeppel verpetzte ihn, und Helmuth wurde zum »Chef« gerufen. Der sagte ihm ordentlich die Meinung, was darin gipfelte, dass er ihm klar machte, wie schwierig es gewesen sei, ihn im Landheim aufzunehmen, und er solle diesen Vorzug nicht noch einmal aufs Spiel setzen. Er drohte also mit Konsequenzen, die Helmuth keineswegs egal sein konnten.

Nach den Schularbeiten und vor dem Abendessen kam die »Stille Stunde«. Für die war überhaupt kein Programm vorgesehen, außer dass sich alle absolut still verhalten sollten. Für die älteren Schüler, die sich mit zwei oder drei Klassenkameraden eine Bude teilten, war dies kein Problem. Sie konnten auf ihre Zimmer gehen und sich dort still verhalten. Den Fröschen aber war das Betreten des Schlafsaals tagsüber nicht erlaubt, so dass sie irgendwo auf den Gängen herumhingen und sich langweilten. Nun ja, dies ging auch vorbei.

Am Sonntagnachmittag gab es dann noch die ziemlich verhasste »Briefschreibstunde«, da mussten alle nach Hause schreiben.

Im Landheim gab es »Kameradschaften«. Immer acht bis zehn Schüler wurden von einer Lehrerin, einem Lehrer oder einem Lehrerehepaar betreut. Mittags saßen sie mit denen zusammen am Tisch, und einmal die Woche war Kameradschaftsabend, meistens in der Wohnung der Betreuer. Da wurden Spiele gespielt oder vorgelesen, Fernsehen gab es ja noch nicht. Und dass sie gemeinsam Rundfunk hörten, kam gar nicht infrage. Überhaupt wurden sie von den Ereignissen auf den Kriegsschauplätzen ferngehalten. Jedenfalls kann Helmuth sich nicht daran erinnern, in Schondorf jemals eine Sondermeldung mitbekommen zu haben. Wobei diese nach dem Fall von Stalingrad und der Einstellung des U-Boot-Krieges sowieso nur noch sehr selten vorkamen.

Und jeder Frosch bekam einen Mentor zugewiesen. Mentor war ja bei den Griechen der Erzieher des Telemach, des Sohnes von Odysseus. Im weiteren Sinne war der Mentor auch Ratgeber. Es war sicherlich pädagogisch eine sinnvolle Maßnahme, den schutzlosen Fröschen – die ab und zu von den Schülern der nächst höheren Klasse »geschunden« wurden – einen älteren Schüler zuzuordnen, an den sie sich jederzeit mit der Bitte um Rat oder Hilfe wenden konnten.

Man sieht also, dass das Leben im Landheim nach festen Regeln ablief, jedenfalls an den Wochentagen. Samstags und sonntags ging es etwas ruhiger zu. Aber es war völlig undenkbar, an jedem Wochenende oder überhaupt in regelmäßigen Abständen nach Hause zu fahren.

Dafür gab es die »Straf-Körperliche«, die – als echte Strafe – samstags stattfand. Jeder, der etwas ausgefressen hatte, musste daran teilnehmen. Gründe, zur Straf-Körperlichen berufen zu werden, gab es genug: Verspätungen, unaufgeräumte Spinde (die Pullover mussten in militärischer Ordnung ordentlich zusammen- und genau übereinander gelegt im Regal liegen) oder Störung der stillen Stunde. Wenn eine größere Anzahl von Delinquenten zusammen gekommen war, wurden diese am heiligen Samstagnachmittag in einem Klassenzimmer versammelt. Helmuth durfte einmal daran teilnehmen, weil er den Peter Canisius Koeppel geschubst hatte.

Der Leiter der Strafexpedition, meistens ein Schüler der achten Klasse, schrieb ein Gedicht an die Tafel, alle schrieben es mit und mussten es anschließend auswendig lernen. Dabei ging es um die Ballade »Archibald Douglas«[20] von Theodor von Fontane, die 23 vierzeilige Strophen umfasste:

»Ich hab es getragen sieben Jahr,
Und ich kann es tragen nicht mehr.
Wo immer die Welt am schönsten war,
Da war sie öd' und leer.«

Wer glaubte, es zu können, konnte sich melden und es der Aufsicht vortragen. Es war aber nicht so, dass er am Anfang anfangen durfte. Der die Aufsicht führende sagte ihm, mit welcher Strophe er anfangen sollte. Wenn er sich verhaspelte, durfte er sich wieder setzen und weiterbüffeln. Das war Strafe pur. Da war die Straf-Körperliche bei »Massa-Massa« Scheuermann nichts dagegen. Bei Herrn Scheuermann, der wie ein Aufseher von Afrikanern Kommandos gab, musste man zwar schuften (zum Beispiel einen Schuppen aus- und aufräumen), aber irgendwann war man fertig und konnte gehen. Ein langes Gedicht zu erlernen dauerte unter Umständen sehr viel länger.

---

20 Archibald Douglas (1490 – 1557) war ein schottischer Adliger zur Zeit von Jakobs V.

Watschenpädagogik

Nach dem Schlafengehen konnte es passieren, dass die Tür zum Schlafsaal heftig aufgerissen wurde. Die Frösche sollten eigentlich schon schlafen, aber einige quakten noch. Zwar leise, aber offensichtlich konnte man es vor der Tür hören.

Als die Tür aufging, herrschte sofort atemlose Stille, denn alle wussten, was ihnen jetzt blühte.

Ein Typ aus der dritten Klasse, der am Ende des Ganges zusammen mit Christoph von Gemmingen eine Zweier-Bude bewohnte und Aufsicht über den Schlafsaal führte, stürmte herein und schrie: »Wer hat g'schwätzt?« Nun hätten sich alle samt und sonders drücken können, das hätte aber bedeutet, dass alle zwanzig bestraft worden wären. Das ließ der Ehrenkodex nicht zu. Also meldeten sich die vier oder fünf, die tatsächlich geschwätzt hatten. Sie mussten aus den Betten raus, sich in ihren Nachthemden vor dem Aufsichtsführenden (der einen Kopf kleiner war als die meisten von ihnen) in einer Reihe aufstellen und eine »Maulschelle« in Empfang nehmen. Das heißt, jeder bekam eine kräftige Ohrfeige und konnte wieder ins Bett gehen. Der Typ war dafür bekannt, dass seine Watschen richtig fetzten.

Das war die so genannte Watschenpädagogik. Zwar lautete ein Motto des griechischen Komödiendichters Menandros (341–290 v. Chr.): »Wer nicht geschunden wird, wird nicht erzogen.« Aber im Juni 1946 wurde die Prügelstrafe vom bayerischen Kultusministerium mit sofortiger Wirkung verboten. (In Preußen war sie schon 1910 abgeschafft worden.) Bis dahin wurde sie eben auch im Landheim angewandt, mindestens einmal auch vom Schülerpräses, dem Sprecher der Schüler. Der ging eines Abends, als die Frösche schon im Bett lagen, über den Hof auf seine Bude. Plötzlich flogen ihm ständig Kirschkerne um die Ohren. Als er sah, dass die aus einem der Schlafsaalfenster im zweiten Obergeschoss herunter geworfen wurden, stürmte er nach oben, griff sich den Frosch, der es gewagt hatte, nach dem Zubettgehen noch Kirschen zu essen und verpasste ihm ebenfalls eine Maulschelle. Helmuth kann sich an den Vorgang so gut erinnern, weil er derjenige war, der die Kirschkerne aus dem Fenster gespuckt hatte.

Nie wieder in seinem Leben hat er so viele Ohrfeigen bekommen, wie in seinen ersten beiden Jahren im Internat, also 1943 und 1944. Er hat sie genau so grässlich empfunden, wie seine Kameraden sicherlich auch. Vor allem, weil man sich dagegen nicht wehren konnte. Denn Maulschellen gab es auch von einigen Lehrern, zum Beispiel vom »Ziu«.

Dagegen soll gleich an dieser Stelle betont werden, dass es Übergriffe sexueller Art, wie sie in den letzten beiden Jahrzehnten (zum Beispiel von der Odenwaldschule) bekannt wurden, in diesem Landheim nicht gegeben hat. Sie wären auch bei der Struktur, nach der das Internat betrieben wurde, gar nicht möglich gewesen.

Rund dreißig Jahre später traf Helmuth den Freiherrn Christoph von Gemmingen Guttenberg (1930–1999) zufällig wieder. Die Firma Ristow hatte einen Betriebsausflug an den Sitz seiner Familie, der Freiherren von Gemmingen auf Burg Gemmingen im Neckartal, organisiert. Im Wechsel mit seinen Budengenossen hatte ja auch der Freiherr die Aufsicht über den Schlafsaal geführt, und sicher hatte Helmuth auch von ihm die eine oder andere Schelle abbekommen. Insgeheim hatte er sich vorgenommen, ihn darauf anzusprechen. Als er sich bei ihm, der die Führung durch die Burg selbst leitete, vorstellte, bot dieser ihm in sehr freundschaftlicher Weise gleich das »Du« an, schließlich wären sie beide »Altlandheimer«. Daraufhin verzichtete Helmuth darauf, die veralteten – und längst vergessenen – pädagogischen Maßnahmen des Landheims wieder auszugraben.

»Die Geiß«

Eines Tages, als Helmuth und seine Klassenkameraden vor dem Haupthaus darauf warteten, dass der Chef die Glocke zum Abendessen läutete, rangelte Helmuth mit einem Mitschüler aus der Parallelklasse. Als sich beide so richtig verhakelt hatten, sagte dieser zu Helmuth: »Du bist ein richtiger Geißbock.« Damit hatte er ein für alle Mal seinen Spitznamen weg. Alle nannten ihn seit diesem Zeitpunkt nur noch »Geiß«, sogar einige Lehrer.

Als nach dem Kriegsende der Schulbetrieb in Schondorf wieder aufgenommen wurde, hoffte Helmuth, dass sich seine Mitschüler an diesen Namen, den er schrecklich fand, nicht mehr erinnern würden. Aber nein, sie hatten ihn nicht vergessen, und bis zu seinem Ausscheiden aus dem Landheim im Sommer 1947 wurde er nur »Geiß« gerufen.

Sogar beim Klassentreffen sechzig Jahre später halfen die einen, die sich noch an ihn erinnerten, den anderen, bei denen das nicht mehr der Fall war, mit diesem Kosenamen auf die Sprünge. »Du weißt doch, das ist doch die Geiß!« – »Ach ja, natürlich, die Geiß. Servus Geiß, wie geht's?«

Der Geiß geht es gut, aber sie ärgert sich.

»Völkische Erziehung? Nicht im Landheim!

Ziel der völkischen Erziehung war es, die »arische« Jugend zu rassebewussten Volksgenossen zu formen, ihre jugendlichen Körper zu stählen und sie zu überzeugten Nationalsozialisten zu erziehen. Im Nachhinein betrachtet kann man nicht sagen, dass die Schüler in Schondorf streng völkisch erzogen wurden. Aber Ansätze gab es, das war ja vorgeschrieben.

Wir hatten schon gelesen, dass der Mathematiklehrer nie anders als im Braunhemd zum Unterricht kam. Im Deutschunterricht, den die Klassenlehrerin, Fräulein Hanna Preetorius, gab, wurde aus der altnordischen Literatur entnommen, was der nationalsozialistischen Ideologie entsprach. So lernten sie ausführlich die »Edda«, die Geschichte der nordischen Götterwelt der Asen. Die Edda war im 13. Jahrhundert im christianisierten Island aufgeschrieben worden, sie behandelt eigentlich die skandinavischen Götter- und Heldensagen. Im Dritten Reich wurden sie dem Volk aber als altgermanische Göttersagen verkauft. Wobei Fräulein Preetorius, von der die Schüler nur als »die Pretty« sprachen, darauf hinwies, dass Reichsmarschall Herrmann Göring sein Töchterchen auf den Namen Edda getauft habe.

Fräulein Preetorius kann aber keine überzeugte Nationalsozialistin gewesen sein. »Es ist schon immer so gewesen, am letzten Tag (vor den Ferien) wird vorgelesen.« So war es auch in Schondorf. Fräulein Preetorius erzählte einmal die Geschichte von dem deutsch-schweizerischen Einwanderer Johann August Sutter, der Mitte des 19. Jahrhunderts in Kalifornien den Goldrausch ausgelöst hatte. Sie sagte nicht dazu, dass die Geschichte von Stefan Zweig (1881–1942) stammte, und natürlich erst recht nicht, dass Zweig Jude und 1935 – also gerade einmal acht Jahre vorher – von Salzburg aus vor den Nazis nach London geflohen war und sich gerade eben erst das Leben genommen hatte. Das war ihre Form des Widerstands.

Sport

Helmuth am 1. Juli 1944 auf dem Badesteg.

Bei den Leibesübungen war dem schlaksigen Helmuth das Geräteturnen ein Gräuel. Schöner war es, wenn es im Frühjahr ins Freie ging, Leichtathletik und Ballspiele. Obwohl ihm da etwas sehr Peinliches passierte – vielmehr gab er seiner Mutter daran die Schuld. Nicht nur Sportgeräte, auch Sportkleidung wurdenn langsam knapp, bei Helmuth reichte es gerade einmal zu einer schwarzen Turnhose. Die meisten hatten aber noch weiße Turnhosen, und er sprach seine Mutter an, ob sie ihm nicht so eine besorgen könnte. »Nichts einfacher als das«, sagte sie, nahm eine weiße Unterhose und nähte den Schlitz zu. Damit kreuzte Helmuth im Sommer im Landheim auf. Die Form der Hose kam ihm zwar eigenartig vor, sie lag eng am Körper an, während die chicen Turnhosen der anderen schön weit waren. Aber tapfer trat er damit an und nahm am Dauerlauf teil. Frau Fischer, die Turnlehrerin, lief immer nebenher und gab Kommandos. Plötzlich sagte sie: »Der lange Junge da, der in der Unterhose, heb' mal die Beine etwas mehr an!« Helmuth wäre am liebsten im Boden versunken, aber tapfer hielt er die Stunde durch, zog dann die Unterhose aus und erschien künftig nur noch mit der schwarzen beim Sport.

Schön war auch, dass zum Landheim ein eigener Badesteg gehörte. Hier hat er sich freigeschwommen: 15 Minuten unter der Aufsicht des Sportlehrers im Ammersee hin und her schwimmen, und ja nicht nur auf dem Seegrund herumlaufen und so tun, als ob man schwimmen würde

Einmal im Jahr fand hier ein kleines Schulfest statt, auch während des Krieges. Ruderboote fuhren aufeinander zu und versuchten, die am Bug stehenden Mitschüler der anderen Boote mit einer langen Stange ins Wasser zu schubsen. In einem Boot saß der»Chef«, Dr. Reisinger, aber nicht etwa in der Badehose, sondern in einem weißen Leinenanzug. Zum Schluss der Veranstaltung ließ er sich zum Vergnügen des ganzen Internats mit einem geheuchelten Schreckensschrei theatralisch ins Wasser fallen und kletterte quietschnass aus dem See.

Fußball war im Internat verpönt und wurde schon deswegen nicht gespielt, weil das dafür erforderliche Schuhwerk knapper und knapper wurde. Handball war erlaubt, das kann man notfalls barfüßig spielen. Aber richtig gefördert wurde das Hockey spielen. Rasen-Hockey war der Landheimsport schlechthin. Und obwohl man bald auch keine Hockeyschläger mehr kaufen konnte, gab es doch genügend Schläger für alle. In Schondorf entdeckte Helmuth seine Liebe zum Hockey, und als die Familie 1947 nach Karlsruhe zog, meldete er sich umgehend beim »Karlsruher Turnverein von 1846 e. V.«, dem KTV 46, in der Jugendmannschaft an. Trainer war Herbert Schollmeier, der es 1936 fast – aber nur fast – in die Deutsche Olympiamannschaft geschafft hatte. In einem Testspiel der deutschen Auswahlspieler gegen die Inder, die späteren Olympiasieger, durfte er mitspielen.

Es gelang Helmuth, auch seinen Bruder Klaus für diesen Sport zu begeistern. Gemeinsam wurden sie mit dem KTV 46 im Jahr 1949 Badischer Meister der A-Jugend und gewannen auch sonst einige schöne Turniere. Zum Beispiel das Jugend-Turnier Pfingsten 1951 in Ludwigsburg. Beim Endspiel schaute Helmuths früherer Schondorfer Klassenkamerad Klaus Schenk, der aus Stuttgart stammte, zu. Helmuth spielte Mittelläufer, und als er einen gefährlichen Schuss der Endspielgegner lässig mit der Rückhand stoppte, rief Klaus Schenk zu Helmuths Freude laut über den Platz: »Gut, Geiß!«

Klaus hat das Hockeyspielen bis heute nicht aufgegeben. Mit der deutschen Nationalmannschaft Ü 70 wurde er 2008 Europameister. Gratulation! Jeden Mittwoch fährt er von Karlsruhe 70 km weit bis nach Mannheim zum Training.

Am 6. November 2014 hat sein Wechsel in die Mannschaft Ü 80 stattgefunden – man sieht, dass es den Jahrgängen nie an Nachwuchs mangelt.

Kriegseinsatz

Was den Krieg anbetraf, so erlebte man ihn auch im Landheim nicht hautnah. Das änderte sich erst, als alle gezwungen waren, einen Schutzraum aufzusuchen, wenn tagsüber Fliegeralarm ausgelöst wurde. Dieser Schutzraum war aber nichts anderes als ein so genannter »Splittergraben«. Das war kein betonierter Bunker, sondern er ähnelte eher einem Schützengraben, der mit Eichenbalken, Brettern und zwei Meter Erde überdacht war. Entgegen der Vorschrift hatte er in der Mitte keine Abknickung. Innen waren Sitzbänke, aber keine Schlafgelegenheiten und keine Vorräte. Der Splittergraben bot – wie sein Name sagt – lediglich Schutz gegen Granat- und Bomben-Splitter. Dort fühlten sich alle solange sicher, bis einer von den ganz Schlauen verkündete, dass allen die Lungen platzen würden, wenn an einem der beiden Zugänge zum »Bunker« eine Sprengbombe explodierte. Prost Mahlzeit! – Gelegentlich musste man an Löschübungen teilnehmen: Eimerkette bilden und schauen, dass soviel Wasser wir möglich und so schnell wie möglich von der Zapfstelle zum fiktiven Brandherd geschafft wurde. Und das, ohne allzu viel Wasser aus den Eimern schwappen zu lassen.

Ernster wurde es, als Schüler zur Verteidigung der Heimat zum Kriegsdienst herangezogen wurden. Wer in Bayern zum Militär eingezogen wurde, ging übrigens nicht zum Kommiss, wie in anderen Teilen Deutschlands, sondern zum Barras. Der Vicomte de Barras (1755–1829) war ein französischer Staatsmann, während seiner Amtszeit wurde in Frankreich die allgemeine Wehrpflicht eingeführt. Mit Napoleons Eroberungszug Richtung Osten und den damit verbundenen Truppenaushebungen in Bayern und Österreich muss sich der Begriff »zum Barras gehen« wohl in Süddeutschland eingeführt haben.

Schon vom Februar 1943 an wurden die rund 200.000 zwischen 1926 und 1929 geborenen Jungen (Männer konnte man zu den 16- und 17-jährigen noch nicht sagen) als Flakhelfer herangezogen. Grundlage war die »Anordnung über den Kriegshilfeeinsatz der Jugend der Luftwaffe« vom 26. Januar 1943. »Herangezogen« – ausdrücklich nicht »eingezogen« – wurden die Schüler der mittleren und höheren Lehranstalten, also auch die Internatsschüler des Landheims. Offiziell hießen sie Luftwaffenhelfer, aber im Volksmund wurden sie Flakhelfer genannt. Unter Hinweis auf die Abkürzung LH bezeichneten sie sich selbst als Deutschlands »Letzte Hoffnung«.

Im Landheim wurde es richtig leer. Die oberen Klassen schrumpften auf wenige Zurückgebliebene. Es war die Zeit, als in die ehemalige »Oberschule für Jungen« auch Mädchen aufgenommen wurden. Vollständig erhalten blieben nur die vier untersten Klassen. Helmuth war im Juni 1944 elf Jahre alt geworden und noch in der 2. Klasse.

Man kann sich heute nicht mehr vorstellen, dass damals Jungen mit 16 Jahren nach einer vierwöchigen Grundausbildung zur Bedienung von Fliegerabwehrkanonen (kurz Flak) ausgebildet wurden. Wegen der nächtlichen Einsätze waren sie tagsüber viel zu müde, um einem geregelten Unterricht (der beibehalten werden sollte) zu folgen. Als sie nach dem Krieg nach Hause kamen, machten sie ein so genanntes Notabitur, auch Notreifeprüfung oder Kriegsabitur genannt. Es war bereits am 8. September 1939 eingeführt worden, also eine Woche nach dem Überfall auf Polen, als Abitur unter erleichterten Bedingungen.[21]

Hopfenzupfen

Im Herbst 1944 wurden noch einmal zwei Klassen »herangezogen«, und zwar – was in Bayern für das Überleben dringend notwendig ist – zum Hopfen zupfen! Es handelte sich um die Schülerinnen und Schüler der 3. und 4. Klasse, die vier

---

21 Im Ersten Weltkrieg gab es das Notabitur im kaiserlichen Deutschen Reich ab August 1914. Angesichts der Kriegsbegeisterung, die viele Jugendliche – unter anderem den siebzehnjährigen Alfred Ristow – erfasste und für die der Ausdruck „Augusterlebnis" geprägt wurde, konnten Oberprimaner (13. Klasse) vorzeitig das Abitur ablegen, um dann freiwillig ins Heer einzutreten. (Quelle: Wikipedia.)

bis sechs Wochen in das Hopfenland Hallertau abkommandiert wurden, um bei der Ernte des für die Herstellung des bayerischen Nationalgetränks so wichtigen Bierzusatzes zu helfen. Hopfen ist der Stoff, der das Bier so herb macht. Die pubertierenden Jungs freuten sich auf den Ausflug, weil sie gehört hatten, dass Hopfen aphrodisisch wirken würde, also den Geschlechtstrieb anrege. Vielleicht könnten sie mit seiner Hilfe die eine oder andere von den Mädels leichter rumkriegen? Aber das ist eine Mär, denn Hopfen hat eher eine beruhigende Wirkung. Männer und Frauen, die die Ernte von Hand einbringen müssen, werden dabei sehr müde, was nicht allein der körperlichen Arbeit geschuldet ist. Lediglich bei jungen Hopfenpflückerinnen hat man festgestellt, dass Hopfen die Menstruation fördert. Da hat wohl jemand »Gasthof« mit »Gustav« verwechselt.

Volkssturm und Panzersperren

Durch den Führererlass vom 25. September 1944 wurde der Volkssturm gebildet. Damit sollten die noch nicht kämpfenden waffenfähigen Männer zwischen 16 und 60 Jahren erfasst werden, also von den 1928 geborenen bis zurück zum Jahrgang 1884! Da Helmuth und Klaus 1933 bzw. 1934 geboren wurden, hat sie dieser Erlass nicht betroffen.

Etwas anderes war es mit den Panzersperren. Das sind Bauwerke oder mobile Vorrichtungen mit dem Zweck, Panzer auf ihrem Vorstoß zu behindern. Die Sperren sollen die Panzer zum Anhalten oder zumindest zur langsamen Fahrt zwingen, damit sie an der Sperre mit infanteristischen Panzernahkampfmitteln außer Betrieb gesetzt werden können. Schon bald wurde bekannt, dass auch die Hitlerjugend zum Bau von solchen Sperren herangezogen werden sollte – und möglichst auch zur Bekämpfung der Panzer.

Als Mutter Ristow dies erfuhr, bekam sie eine panische Angst, dass Dr. Kerber, der neue Direktor, die Schüler des Landheims zum Bau von Panzersperren abkommandieren würde. Denn vor kurzem war Dr. Ernst Reisinger vom Kultusministerium abgesetzt und durch einen Parteigenossen ersetzt worden. Unter dessen Leitung wurde die Weihnachtsfeier 1944 nicht zu Ehren des christlichen Heilands, sondern als germanisches »Fest des Lichts« begangen. Die Wintersonnenwende war wichtiger als die Geburt Christi.

Mutti bat den Vater, doch dem Landheim einen Besuch abzustatten und bei dieser Gelegenheit dem neuen Leiter bezüglich seiner Verteidigungsbereitschaft auf den Zahn zu fühlen. Es war für Helmuth ein großer Augenblick, als der Major Ristow in Uniform, mit Kübelwagen[22] und Fahrer, in den großen Schulhof einfuhr, wo er von allen Schülern bestaunt wurde.

Er meldete sich beim Direktor an und führte wohl ein längeres Gespräch mit ihm. Das Ergebnis beruhigte die Mutter ganz und gar. Der Vater war voll davon überzeugt, dass dieser Mann keine 11-jährigen Knaben dazu anhalten würde, für Führer, Volk und Vaterland Panzersperren zu errichten, geschweige denn mit der Panzerfaust auf amerikanische Panzer zu schießen oder gar den Heldentod zu sterben.

Ende des Schulbetriebes

Als Helmuth aus den Weihnachtsferien kommend Anfang Januar 1945 mit dem Zug ins Landheim zurückfuhr, war der Niedergang des Dritten Reiches allenthalben sichtbar. Man musste von Hohenpeißenberg nach Weilheim mit der Bummelbahn fahren und dort in den Zug nach Schondorf umsteigen. Der Zug war vor kurzem von Tieffliegern beschossen worden, so dass etliche Personenwagen ausgefallen waren. Kurzerhand hatte man Güterwagen angehängt, wahrscheinlich waren es solche, in denen vorher Tiere transportiert worden waren. Also, der Zug fuhr, aber man musste stehen und schauen, dass man sich während der Fahrt festhielt. Nachdenklich machte Helmuth, das stramme Mitglied des Jungvolks, dann aber doch, dass an einer Wand des Wagens geschrieben stand: »Wir danken unserem Führer.«

---

22 Ein offener kantiger Wagen mit Stoffverdeck und umlegbarer Windschutzscheibe. 23,5 PS, 985 cbm Hubraum, 6 Volt Lichtanlage, max. 80 km/h. Verzicht auf Winker, elektrischen Starter und zweites Rücklicht. Motor luftgekühlt, was dem Wagen sowohl in der heißen Wüste als auch im eiskalten Russland große Vorteile verschaffte.

Im April 1945, als feststand, dass es mit dem angekündigten Endsieg doch nichts mehr werden würde, wurden die Schüler aus dem Internat entlassen und nach Hause geschickt. Eine Ausnahme gab es nur für solche, deren Zuhause in einem Gebiet lag, das von den Alliierten schon besetzt worden war. Harald van Scherpenberg, damals 13 Jahre alt, und Helmuth fuhren gemeinsam mit dem Zug von Schondorf Richtung Weilheim. Sie hatten ja den gleichen Weg. Aber der Zug fuhr nicht bis Weilheim. Hinter Wielenbach hieß es: Alle aussteigen und nach Weilheim laufen, der Bahnhof Weilheim sei bombardiert worden und außer Betrieb. Das war für die beiden Buben sehr beschwerlich, weil sie – im Vertrauen darauf, dass die Züge immer fahren würden – sehr viel Gepäck mitgenommen hatten. Jedenfalls mehr, als sie auf einmal tragen konnten. Sie mussten also mit einigen Gepäckstücken vorlaufen, sie ablegen, wieder zurücklaufen und den Rest holen. Und das mehrere Kilometer. Inzwischen war es finstere Nacht geworden. Sie hätten das nicht lange durchgehalten, wenn Ihnen nicht ein freundlicher Bahnbeamter, der ein Fahrrad dabei hatte, geholfen hätte. Er lud den Teil des Gepäcks, den sie nicht tragen konnten, auf sein Radl und lief mit ihnen, immer an den Bahngleisen entlang, nach Weilheim. Dort lieferte er sie samt ihrem Gepäck in einem Stellwerkhäuschen ab, wo sie den Rest der Nacht verbrachten und auch – allerdings nur im Sitzen – etwas schlafen konnten. Am nächsten Morgen würde sie der erste Zug Richtung Schongau nach Hohenpeißenberg bringen.

Zu Helmuths Gepäck gehörten ein Kommissbrot, eine Dose Schmalz und ein Taschenmesser. So war er in der Lage, Harald und sich ein kleines Frühstück zu servieren. Allerdings ohne Salz. Die Pfaffenwinkelbahn fuhr morgens pünktlich ab, und wahrscheinlich haben sie alles Gepäck am Bahnhof Hohenpeißenberg deponiert und später mit dem Ochsengespann abgeholt.

Fahrradtour nach Schondorf

Auf dem Hubertushof angekommen stellten ihre Mütter fest, dass die beiden Buben zwar das Wesentliche mitgebracht hätten; dass sie aber noch einmal ins Internat fahren müssten, um die Betten zu holen. Einmal war Bettzeug knapp, zum anderen bestand aber auch die Gefahr, dass man es nie wiedersehen würde. Die nicht nur beschwerliche, sondern wegen der Tieffliegerangriffe auch gefährliche Bahnfahrt wollten sie ihnen aber nicht noch einmal zumuten. Deshalb wurden zwei Fahrräder flott gemacht. Mit denen sollten sie frühmorgens nach Schondorf fahren, die Betten schnappen, auf den Gepäckträgern verstauen und möglichst schnell wieder nach Hause kommen. Wenn alles glatt ginge, könnten sie abends wieder zurück sein.

Es sollte aber anders kommen.

Harald und Helmuth schoben die Räder erst zum Pröbstelsberg hinauf und rollten dann auf der Nordseite des Hohenpeißenbergs hinunter Richtung Paterzell. Sie radelten also durch den nördlichen Teil des Pfaffenwinkels, durch den Stillen Wald und weiter nach Dießen, das am südlichen Ende des Ammersees liegt. Der Weg führte die meiste Zeit durch Laubwälder, es war schönes Wetter, die Fahrt war angenehm und vom Krieg war weit und breit keine Spur. Obwohl die Alliierten zu diesem Zeitpunkt schon auf breiter Front den Rhein überquert und beispielsweise Karlsruhe am 4. April eingenommen hatten. So kamen sie wohlbehalten in Schondorf an, und niemand hinderte sie daran, ihre Buden aufzusuchen und das Bettzeug zu holen. Vorsichtshalber gingen sie aber noch in das Lehrerzimmer, um sich an- und gleich wieder abzumelden.

Und was sahen sie da?

Sämtliche Lehrerinnen und Lehrer waren damit beschäftigt, die Führerbilder, die in den Klassenzimmern hingen, einzusammeln und das Foto von Adolf Hitler durch einen Kupferstich zu ersetzen, vorzugsweise den ‚Hasen' von Albrecht Dürer oder – passend zur Situation – seinen ‚Ritter, Tod und Teufel'. Was es genau war, konnten sie auf die Schnelle nicht erkennen. Es war ihnen auch egal. Auf der anderen Seite nahmen die Lehrkräfte kaum Notiz von ihnen, so dass sie sich zurückzogen und auf den Heimweg machten.

Mit dem Heimkommen wurde es aber doch später als geplant. Sie radelten und radelten, aber jetzt ging es meistens bergauf, und schneller als gedacht wurde es Abend. Harald und Helmuth überlegten, was sie tun sollten. Sie waren sich einig, dass sie sich auf dem Weg durch den Wald und hinauf auf den Hohenpeißenberg mit Sicherheit verlaufen würden. Denn Taschenlampen hatten sie keine, und der Fahrraddynamo gibt nicht genug Licht her, wenn man das Rad schieben muss. Bei einem früheren Spaziergang durch diesen Wald hatten sie schon mal das eine oder andere Glühwürmchen gesehen, aber die hätten ihnen in diesem Fall nicht weiter geholfen. Beide haben jedoch ausdrücklich darauf hingewiesen, dass sie keineswegs Angst hatten, durch den dunklen Wald zu laufen – wer sollte denn da sein und was sollte er von ihnen wollen? Für den Glauben an das Hexenhaus von Hänsel und Gretel waren sie schon zu alt.

Sie beschlossen, beim nächsten Bauernhaus anzuklopfen und um ein Nachtquartier zu bitten. Das taten sie, aber frag nicht, wo das war. Irgendwo zwischen Wessobrunn und dem Peißenberg, vielleicht in der Nähe von Altenstadt-Guselried? Der Name der Ortschaft ist ihnen entfallen.

Der Bauer war sehr nett und wies ihnen einen Schlafplatz in seiner Scheune an. Dort fanden sie urgemütliche Möbel vor, die eine Münchener Familie zur Sicherheit hierher ausgelagert hatte. Beide konnten auf prima Ledermöbeln schlafen. Bettzeug hatten ja beide dabei! Vorher holte Helmuth aus seinem Rucksack – na was wohl? Der Leser, der den Bericht über die Zugfahrt von Schondorf nach Hohenpeißenberg aufmerksam verfolgt hat, kann es sich schon denken: Kommissbrot, Schmalz und Taschenmesser – aber alles wieder ohne Salz.

In der Nacht wurde Helmuth von einem Rascheln und Knabbern in der Nähe seines Rucksacks geweckt. Es konnte sich nur um ein Mäuschen handeln, das sich an seine Essvorräte heranmachte. Er nahm ein Lederkissen, das ihm als Kopfkissen diente, und ließ es zwei- oder dreimal auf das Ledersofa knallen. Eine derartige Behandlung war die Maus, die hier auf dem Land ein geruhsames Leben zu führen gedachte, nicht gewohnt. Sie zog sich beleidigt zurück, und er und seine Essensvorräte verbrachten den Rest der Nacht ungestört.

Am nächsten Vormittag schoben Harald und Helmuth ihre Fahrräder den Berg hoch und trudelten auf dem Hubertushof ein, wo sie nicht sonderlich aufgeregt von ihren Müttern in Empfang genommen wurden. Große Sorgen haben sie sich um die beiden nicht gemacht. Es war Krieg, und es waren »große Jungs«. Die Frauen hatten sich schon gedacht, dass den beiden nichts passieren würde. Wenn sie Angst gehabt hätten, hätten sie sie gar nicht erst weggelassen.

8

Das Kriegsende auf dem Hohenpeißenberg

Vaters Rückzug aus Frankreich

1943 war der Major Dr. Alfred Ristow an die Westfront versetzt worden, zur Unterstützung der Luftwaffe im Kampf gegen England. Dort übernahm er zuerst eine Funkmess-Beobachtungsabteilung im Funkhorch-Regiment West. Von Oktober 1944 bis zum Kriegsende war er Kommandeur des Luftnachrichten-Regiments 351[23]. Von dort aus wurde der gesamte englische Funkverkehr abgehört. Dies erfolgte mit den Radargeräten »Freya« und »Würzburg«. Alleine aufgrund der Feststellung, wie viele britische Bomberpiloten abends ihre Funkgeräte abstimmten, konnte man Schlüsse darauf ziehen, mit wie viel Maschinen der nächste alliierte Bombenangriff durchgeführt werden würde. Diese Zahlen wurden dann zur Einsatzzentrale der Flugabwehr in Stade gemeldet.

Radargerät «Würzburg» 1943 in der Normandie (Bundesarchiv 2460-31)

Der Betrieb der Radargeräte, fernab von der Front, war aber keineswegs so ungefährlich, wie es auf den ersten Blick vielleicht aussah. Das hat man aber erst

---

23 Wenn man bei Google „Luftnachrichten Regiment 351" eingibt, wird man fündig: Kommandeur war Maj. Dr. A. Ristow.

nach dem Krieg erfahren. Im Jahr 1942 führten die Engländer mit 120 Mann erfolgreich die *Operation Biting* durch, die einem Radargerät in der Normandie galt. Dieses Kommandounternehmen hatte zum Ziel, Kenntnis von der Wellenlänge zu erlangen, mit der die deutschen Radargeräte arbeiteten. Bei dem Überfall konnten die wichtigsten elektronischen Teile erbeutet und ein deutscher Hochfrequenz-Spezialist gefangen genommen werden.

Aber in dem von den Deutschen besetzten Paris ging es zu wie in Friedenszeiten. Vor allem gab es dort keinen Fliegeralarm. Die Geschäfte boten Waren an, die es in Deutschland schon lange nicht mehr gab, und in den Restaurants konnte man vorzüglich speisen. Die älteste Schwester von Ursula Ristow, Sofie Wilm-Hefter, die Tante Soscha, war auch nach Paris versetzt worden, und Vater Ristow verabredete sich mit ihr öfters zum Essen. Dabei passierte es einmal, dass ein ranghöherer Offizier – vielleicht sogar General Schwabedissen, sein Divisionskommandant – mit seinem Stab das gleiche Lokal betrat. Der Major Dr. Ristow schaute nur kurz auf, »lüftete das Gesäß«, wie er berichtete, und grüßte freundlich. Das brachte ihm einen schriftlichen Verweis mit Eintrag im Soldbuch ein. Man ist versucht zu sagen: »Das kommt in den besten Familien vor, sogar beim Herrn Major …«. Er hätte aufstehen und »Männchen machen« müssen, also stramm stehen und militärisch salutieren, im Zweifel mit dem Hitlergruß. Das hatte der Herr Major gar nicht eingesehen.

Die Heimat profitierte von dem enormen Warenangebot. »Die Front ernährt die Heimat«, hieß es dann manchmal. Helmuth war an seinem elftem Geburtstag am 12. Juni 1944 sehr traurig, weil er von seinem Vater zunächst nichts gehört hatte. Dass inzwischen die Alliierten in der Normandie gelandet waren, war für ihn kein Trost und keine Entschuldigung. Dann kam aber mit ein paar Tagen Verspätung aus Paris ein Paket mit einer riesigen Pralinenschachtel nach Schondorf, die es in sich hatte. Bei ihr fiel zunächst auf, dass sie höher war als normal. In Wirklichkeit bestand sie aus drei Stockwerken. Sie hatte nicht nur eine obere Lage unter einem aufklappbaren Deckel, sondern noch drei (!) mit Schokolade gefüllte Schubladen: Erst entdeckten sie eine vorne, praktisch im Erdgeschoss der Schachtel, aber dann stellte sich heraus, dass man ein Stockwerk höher, quasi im Zwischengeschoss, rechts und links auch noch je eine halbe Schublade heraus ziehen konnte. Das hat Helmuth und seinen Schulkameraden mächtig imponiert, sie war auch sensationell.

Und in der Heimat gab es so etwas schon lange nicht mehr. Seine Mutter war etwas traurig und hat bemerkt: *Mein selbstgebackener Kuchen war wohl ein Dreck dagegen!?*

Schon Anfang des Jahres 1943 waren sich der Vater und eine seiner Luftwaffenhelferinnen, Käte Staschull, in Paris begegnet. Sie war eine der mehr als eine halbe Million Wehrmachtshelferinnen, die u. a. im Nachrichtendienst oder bei der Flak die Positionen der an die Front versetzten Männer einnehmen mussten. Von der Bekanntschaft zeugten viele Postkarten, die Käte aus Paris nach Hause schrieb, und in denen Dr. Ristow erwähnt wurde. Beide verliebten sich ineinander, was nicht ohne Folgen blieb. Als 1944 der Rückzug der deutschen Truppen aus Frankreich begann, bekam sein Regiment den Befehl, sich etappenweise in die »Alpenfestung« zurück zu ziehen, nach Obermieming in Österreich. Die nächste seiner Familie bekannte Station war Burg Runkel an der Lahn. Dort trennten sich die Wege von Käte Staschull und Alfred Ristow. Er zog nach Süden, in Richtung der Alpen, weiter, sie begab sich nach Hause zu ihrer Familie in einem kleinen Dorf in Mecklenburg-Vorpommern.

Am 15. August 1945 brachte sie ihre Tochter Bärbel zur Welt.

Tante Inges Angst um Mann und Vater

Tante Inges Mann, Dr. Albert-Hilger van Scherpenberg (von Klaus und Helmuth nur Onkel Hilger genannt), war Legationsrat im Reichs-Außenministerium.[24] Sowohl Inges Mann als auch ihr Vater wurden von den Nazis verhaftet und kamen nur knapp mit dem Leben davon. Schacht hat dies in seinem Buch »76 Jahre meines Lebens«[25] ausführlich beschrieben. Scherpenbergs Verhaftung und Verurteilung wird u. a. im Buch »Der Schattenmann«[26] erzählt. Er war am 10. September 1943

---

24 Bei Wikipedia ist Scherpenberg unter dem Stichwort «Hohenpeißenberg» als eine der mit dem Ort verbundenen Persönlichkeiten aufgeführt.
25 Hjalmar Schacht, 76 Jahre meines Lebens, Bad Wörishofen 1953.
26 Der Schattenmann, Tagebuchaufzeichnungen von Ruth Andreas-Friedrich, Berlin 1947.

zur Teegesellschaft eines Fräulein von Thadden eingeladen worden, auf der man Zweifel am Ausgang des Krieges geäußert hatte. Ein Spitzel hatte sie an die Gestapo verraten. Van Scherpenberg wurde im Februar 1944 verhaftet und am 1. Juli 1944 durch den Volksgerichtshof zu zwei Jahren Gefängnis verurteilt. Ihm kam zugute, dass der Spitzel ausgesagt hatte, van Scherpenberg habe bei der Teegesellschaft geäußert, man müsse doch Hitler immerhin auch eine Chance geben.

Tante Inge war eine mutige Frau, sie fuhr nach Berlin und erreichte, dass ihr Mann im September 1944 in das Gefängnis Landsberg am Lech, nördlich von Schongau, verlegt wurde. Also nur 50 km von Hohenpeißenberg entfernt. Der Transport von Berlin-Moabit nach Landsberg dauerte vier Wochen und fand unter teilweise unerträglichen Bedingungen statt. Weniger erfolgreich war ihre Stiefmutter, die zweite Frau von Schacht. Sie beschwerte sich bei ihrer Schwiegertochter, dass ihr der zuständige SS-Mann an die Wäsche wollte. Worauf Tante Inge den unvergleichlichen Satz sprach: *Ich würde mit der ganzen SS schlafen, wenn ich damit meinen Mann rausholen könnte!*[27]

Erste Mangelerscheinungen

Was das Essen anbetraf, waren Helmuth und Klaus in Oberbayern gut aufgehoben. Es gab genug zu essen, sie bekamen Frühstück, Mittag- und Abendessen, und haben nicht einmal gehungert. Sie wurden auch nicht von ihrer Mutter am frühen Abend ins Bett gebracht, um das Abendessen zu sparen. Die Kinder wurden aber angehalten, jeden Bissen zweiunddreißig mal zu kauen, »für jeden Zahn einmal«. Ihre Mutti erinnerte sich öfters an ihre eigene Kindheit. Sie erlebte den ersten Weltkrieg als 10- bis 14-jähriges Mädchen. Der Winter 1916/1917 war der berüchtigte Steckrübenwinter, als der Zusammenbruch der Lebensmittelversorgung ihren Höhepunkt erreicht hatte und in Deutschland Hunger herrschte. Die Steck-

---

27 Der Satz ist verbürgt. Tante Inge hat dies Ursula Ristow, einer ihrer besten Freundinnen, erzählt. Und die wiederum ihren Söhnen.

rübe ist eine Kohlart, die es damals noch reichlich gab. Aber alles schmeckte nach diesen schrecklichen Kohlrüben, sogar die Marmelade.

Das blieb den Jungs 1945 erspart. Man muss vielleicht noch dazu sagen, dass Klaus und Helmuth alles aßen, was auf den Teller kam. Wenn es Kartoffelbrei gab, wurden sie in die Küche gerufen, sie durften den Topf auskratzen. Und der war groß, in Anbetracht der vielen Menschen, die sich inzwischen auf dem Hof eingefunden hatten und täglich bekocht werden mussten. Klaus und sein Bruder bewaffneten sich also jeder mit einem Löffel, und dann teilten sie erst einmal. Dabei gingen sie nach dem Prinzip des weisen Königs Salomon vor: der eine teilt, der andere sucht aus. Der Teilende zog also mit seinem Löffel einen Strich durch die im Topf verbliebenen Breireste und teilte sie damit in zwei Hälften. Der andere durfte wählen, welche Hälfte er auslecken wollte. Wobei das Wort »auslecken« lieber durch »vollständig sauber auskratzen« ersetzt werden sollte. Eigentlich hätte man den Topf danach nicht mehr in den Abwasch geben müssen.

Es wurde gesagt, sie aßen alles, was auf den Teller kam. Dabei muss man eine Ausnahme machen: das war der Topinambur! Das ist eine nordamerikanische Gemüse- und Futterpflanze mit Knollen, die an Kartoffeln erinnern[28]. Die fanden alle vom Geschmack her so grauenhaft, dass sie sie nur mit Widerwillen aßen. Hier war doch eine kleine Parallele zu den Rüben des ersten Weltkriegs.

Topinambur, auch Erdartischocke genannt, wurde 1944 auch auf dem Hubertushof angebaut. Ausgewachsen hat er entfernte Ähnlichkeit mit einer Tabakpflanze, so dass die Männer, die da vorbei liefen, öfters heimlich ein paar Blätter abbrachen, weil sie dachten, das gäbe getrocknet und zerkleinert einen guten Pfeifentabak. In der Erde steckt die Knolle, die angeblich essbar war – eher war das Gegenteil der Fall. Topinambur schmeckt nicht einmal als Schnaps, der ist nur zum Einreiben gut.

Solange Klaus und Helmuth nicht im Internat waren, frühstückten sie sonntags bei ihrer Mutti im Zimmer. Dabei öffneten sie jedes Mal feierlich eine Büchse

---

28 Bei Google erzielt Topinambur über 181.000 Treffer. Die Frucht kam 1612 von Nordamerika nach Paris und galt als Gemüse der Indianer. Ihren brasilianischen Namen erhielt sie in Frankreich nach einem zufällig anwesenden Indianerstamm aus Südamerika. Topinambur wird heute auch für das Brauen von Destillaten verwendet, gilt als Verdauungsschnaps und ist bei Diabetikern beliebt.

Ölsardinen, von denen Mutti einen großen Vorrat aus Berlin mitgebracht hatte. Eine solche Büchse enthielt in der Regel acht Sardinen, zwei für die Mutti und je drei für Klaus und Helmuth. Mutti erzählte, dass der Vater ihr schon 1938 geraten hatte, vorsorglich bestimmte, nicht verderbliche Lebens- und Genussmittel in großen Mengen einzukaufen. Eigentlich war es in Muttis Zimmer kalt, weil es nur einen Bullerofen als Heizung hatte, der aber frühmorgens noch nicht in Betrieb genommen wurde. Aber den Genuss der köstlichen Ölsardinen wollten sie mit keinem teilen. Und auch nicht den Neid der anderen erregen.

Eines Tages bekamen fast alle Kinder eitrige Furunkel an den Beinen. Woher die kamen und warum sie schlussendlich wieder verschwanden, ist nicht bekannt. Nur die Behandlung war schwer, weil Arzneimittel und Verbandszeug knapp wurden. Die Mütter behandelten sie mit so genannter Zugsalbe, einer schwarzen Creme, die wie Wagenschmiere aussah. Und anstelle von sauberer Gaze und Verbandszeug nahmen sie Zeitungspapier, mit dem sie die Beine umwickelten.

Den Nachteil der fehlenden Heizung in den Schlafzimmern erlebten sie in einem der besonders kalten Kriegswinter. In jedem Zimmer befand sich eine so genannte Waschkommode, auf der eine Waschschüssel und darin ein Krug mit Wasser standen, beide aus Porzellan. Auf einer Konsole vor dem Spiegel war dann noch eine gläserne Karaffe mit Trinkwasser und Wassergläsern zum Zähneputzen (mit Odol zum Mundspülen!) postiert. Außerdem stand da eine Seifenschale aus Porzellan. In diese gossen die Kinder Odol und zündeten es an, nachdem sie herausgefunden hatten, dass es brennt. Aber das war natürlich kein Ofen.

Neben der Kommode stand ein großer emaillierter Blecheimer, der einen Deckel mit einer runden Öffnung hatte, die so groß war, dass ein Tennisball hindurch gepasst hätte. Hier wurde das gebrauchte Waschwasser hineingegossen. Man konnte darin aber auch das kleine Geschäft (das Ling-Ling) erledigen. Klaus und Helmuth setzten sich dazu (wie Mädchen) auf diesen Eimer, weil es nicht so einfach war, beim Pinkeln im Stehen die Öffnung im Deckel zu treffen. Worauf ihre Mutti sagte, sie hätte immer gedacht, dass sie zwei kleine Jungs hätte und keine Mädels. Die Pensionsgäste brauchten also nachts nicht jedes Mal auf die einzige Toilette im Flur zu rennen (um dort evtl. noch anstehen zu müssen). Morgens wurde der Eimer dann von derjenigen, die die Zimmer aufräumte und die Betten machte, im Klo ausgegossen. Und was ins Klo geschüttet wurde, landete direkt in der Odelgrube, wie die Mistjauche in Bayern heißt. Einem Mann ist es passiert, dass er seiner Frau beim Aufwischen geholfen und dann das Schmutzwasser ins Klo geschüttet hat. Leider hat er in seinem Übereifer übersehen, dass der Scheuerlappen noch in der dreckigen Brühe lag. Der verschwand ebenfalls auf Nimmer-Wiedersehen im Odel. Und die Frau war verzweifelt, weil es der einzige Feudel war, den sie bei der Evakuierung mitgenommen hatte, und weil es nirgends welche zu kaufen gab.

In dem erwähnten kalten Winter sank die Temperatur in den Zimmern so stark unter Null, dass das Wasser in den Krügen einfror und man am nächsten Morgen nicht einmal Wasser zum Zähneputzen hatte. Es waren mindestens acht Grad minus.

Zu den vor Beginn des Krieges vorsorglich eingekauften Sachen gehörten auch Zigaretten. Mutti war zwar keine starke Raucherin, aber ganz verzichten darauf wollte sie auch nicht. Eines Tages spielten Klaus und Helmuth mit anderen Kindern in ihrem Zimmer und hatten aus der Kommode die oberen Schubladen herausgezogen und auf den Tisch gestellt. Da sah Helmuth zufällig, dass Mutti rechts und links von den hölzernen Schienen, auf denen die Schubladen liefen, ihre Zigarettenschachteln versteckt hatte. Ein originelles Versteck, das die anderen Gott sei Dank nicht entdeckten. Helmuth schaute zu, dass die Schubladen schnell wieder an ihren Platz in den Kommoden kamen.

Einmal haben Klaus und Helmuth erlebt, dass ihre Mutti bitterlich geweint hat. Das war nach dem 20. Juli 1944, dem Tag des Attentats auf Adolf Hitler. Bei der Suche nach Hintermännern und Mitwissern der Verschwörung war ihr Zahnarzt Dr. Sitte, der auch in Zehlendorf gewohnt hatte, verhaftet und hingerichtet worden. Als sie das erfuhr, ist ihr wohl mit voller Wucht die Härte und die Grausamkeit des Nazi-Regimes klar geworden. Vielleicht zum ersten Mal überhaupt.

Wen der Krieg so auf den Hof spült

Im Winter 1944/1945, als man wusste, dass das Kriegsende nicht mehr fern sei, kamen zahlreiche Leute auf den Hohenpeißenberg, die meisten mehr oder weniger unangemeldet.

Eines Abends, die Kinder waren gerade zu Bett gegangen, schliefen aber noch nicht, hörten sie, wie ein Auto auf den Hof gefahren kam. So etwas war zur damaligen Zeit schon eine Besonderheit. Tante Inge ging, den oder die Besucher zu fragen, was ihr Begehr sei. Ein Mann stieg aus und trompetete – anders kann man es nicht nennen – laut und deutlich, und überlagert von einem nur mühsam unterdrückten Befehlston: »Frau van Scherpenberg, ich bin jetzt hier mit meiner Familie angekommen und ich möchte, dass Sie uns aufnehmen. Machen Sie, was Sie wollen. Aber wir gehen hier nicht mehr weg.« Ende der Durchsage!

Es war der Zigarrenfabrikant Vollmer mit Frau und drei Kindern, Peter, Lutz und Bärbel. Natürlich fand Tante Inge auch für die ein Plätzchen. Wie sie das machte, ist nicht bekannt, denn sie brauchten ja mindestens zwei Zimmer in der Pension.

Vollmer war ein Meister des Organisierens. Er hatte riesige Mengen Zigarren dabei, mit denen er sofort daran ging, alle möglichen Tauschgeschäfte zu tätigen. Er muss wohl bei den Jagdfliegern gewesen sein, denn die Zigarren hießen »General der Jagdflieger Galland.«[29] Im Grunde war er mit dieser Währung ein unentbehrlicher Mitbewohner des Hubertushofes, denn es brauchte nur jemand einen Wunsch zu äußern, Vollmer erfüllte ihn. Mutter Ristow brachte er einmal einen großen Eimer Bienenhonig mit. Er behielt sein Auto auch über das Kriegsende hinweg, weil er es im Stadl unter einem Berg Heu versteckte; und er hatte immer Benzin. Helmuth kann sich noch erinnern, dass auf einem Kanister MPB stand und er

Peter Vollmer und Klaus

---

29 Adolf Galland (1912–1996), mit 104 Luftsiegen der erfolgreichste Jagdflieger des Zweiten Weltkriegs.

laut vor sich hin sagte: MP-Benzin, also von der *»military police«*. Vollmer schaute ihn ganz entsetzt an und stritt das vehement ab. Wodurch er aber den Verdacht, dass Helmuth ins Schwarze getroffen hatte, nur bestärkte. Vollmers Kinder passten altersmäßig sehr gut zu Klaus und Helmuth. Auch kräftemäßig, mit Peter konnte man sich schon herrlich prügeln. Jetzt waren es nicht fünf, sondern acht Kinder, die das Kriegsende auf dem Hubertushof erlebten: drei Scherpenberg, drei Vollmer und zwei Ristow. Wenn sie ins Dorf zum Einkaufen geschickt wurden und es regnete, dann organisierte Harald ihre Marschordnung so, dass sie mit ihren Kapuzen im Gänsemarsch liefen, der größte vorne und die kleinste (Bärbel) hinten. Vorne der Harald, und dann die sieben Zwerge.

Es war die Zeit, als die Jungen anfingen zu rauchen. Aus tonartigem Lehm formten sie einen Pfeifenkopf. Ein kurzer Ast vom Holunderstrauch wurde von seinem Inneren befreit (er hat ganz weiches, weißes Mark) und in den Pfeifenkopf hineingesteckt. Wenn der Lehm in der Sonne getrocknet war, konnte man getrocknete Buchenblätter hineinkrümeln, anzünden und anfangen zu paffen. Anders konnte man das nicht bezeichnen. Sie probierten auch sonstiges Blattwerk. Aber keines schmeckte so gut wie der Tabak, den Vollmers Söhne ihrem Vater stibitzt und den anderen heimlich zugesteckt hatten. Noch besser schmeckten die Zigarillos, die Peter Vollmer Klaus zur abendlichen Schlittenpartie mitbrachte.

Helmuth und Lutz Vollmer

Nach dem Krieg war Vollmer einer der ersten, der sich, noch in den 1940er Jahren, ein Haus baute, nicht weit von Peißenberg entfernt, in Seestall am Lech. Tante Grete Anners, die Haushälterin, die immer einen flotten Spruch drauf hatte, meinte: *Hoffentlich wird das kein Saustall…*

»Genießt den Krieg, Leute, der Frieden wird fürchterlich werden«

Am Beispiel der Tante Soscha (Jahrgang 1895), der ältesten Schwester von Ursula Ristow, soll hier gezeigt werden, welche Strategien die Menschen entwickelten, um den Krieg und die Nachkriegszeit zu überstehen. Der Spruch: »Genießt den Krieg, Leute, der Frieden wird fürchterlich werden« stammte sicher nicht von ihr, wurde aber immer wieder mit bitterer Ironie in der Stimme zitiert. Es muss vorausgeschickt werden, dass Soscha eine elegante Frau war, eine wirkliche Dame. Sie verkehrte in den Zwanzigerjahren in den feinsten Kreisen Berlins. Geraucht wurde grundsätzlich nur mit der Zigarettenspitze. Sicher hat sie auch den damaligen Modetanz, den Charleston, getanzt. Statt tschüss sagte sie »tschö« und statt nein »nö«. Wenn sie auf die Toilette wollte, sagte sie, sie ginge mal aufs »Tö« (und in Düsseldorf natürlich auf die »Kö«)! Alles peu á peu.

Soscha war schon früh von ihrem Mann geschieden worden und allein erziehende Mutter ihres einzigen Sohnes Heiko Wilm. Zu einem der Tricks von Tante Soscha gehörte, dass sie wichtige Briefe nicht per Einschreiben verschickte. Sondern sie klebte einfach kein Porto drauf. Sie wusste, dass die Post auf nichts so sorgfältig aufpasste wie auf einen unfrankierten Brief. Es ging auch kein einziger verloren.

Gegen Ende des Krieges tauchte auch sie unangemeldet auf dem Hubertushof auf und wurde wie viele andere von Tante Inge van Scherpenberg irgendwie in der Pension untergebracht. Sie fing schnell an, sich zu langweilen und fragte Inge, ob sie keine Arbeit für sie habe. Tante Inge hatte die Angewohnheit, einem Fragesteller mit ihren großen blauen Augen erst einmal längere Zeit schweigend ins Gesicht zu schauen, bevor sie antwortete. Sie überlegte. Dann ging sie mit Tante Soscha durch ihre Privatgemächer und meinte, hier müsste eigentlich einmal richtig Staub gewischt werden. Worauf Soscha fluchtartig die Räumlichkeiten verließ. Sie wollte keineswegs Putzfrau werden. Und sie fand etwas viel besseres. Direkt am Hof, hinter einem großen Holzstapel, entdeckte sie einen total verwilderten Garten. Dessen nahm sie sich während der nächsten zwei Jahre an. Sie kultivierte ihn regelrecht, säte alle Arten von Gemüse und Salaten, düngte sie, zupfte Unkraut und versorgte auf diese Weise die Küche regelmäßig mit ihren selbstgezogenen Produkten.

Zur Abwechslung der von der Küche angebotenen Speisen trug sie auch bei. Wobei ihr die Erfahrungen aus ihrer Zeit in Frankreich zugute kamen. Die Kinder mussten eines Tages allesamt losziehen und Weinbergschnecken sammeln. Die bekamen zwei Tage lang nichts zu knabbern, bis sie nicht mehr koteten, und wurden dann von ihr fachgerecht zubereitet. Geschmeckt haben sie köstlich. Es kann sein, dass dazu Salat aus Löwenzahnblättern serviert wurde.

Eines Tages kam einer der Spielgefährten von Klaus und Helmuth aufgeregt aus dem Haus und erzählte, Tante Soscha würde in der Küche sitzen und Zigarre rauchen! Eine Dame, die Zigarren raucht, da muss der Notstand groß gewesen sein. Einer nach dem anderen ging – pfeifend, als wäre es rein zufällig – in die Küche, nur um zu sehen, wie Tante Soscha, der offensichtlich die Zigaretten ausgegangen waren, am Tisch saß, Patience spielte und tatsächlich eine dicke Zigarre rauchte. Mit Sicherheit die Edelmarke »General der Jagdflieger Galland«.

Wer weiß denn heute noch, was eine Patience ist? Ein Kartenspiel mit in der Regel 52 Karten, das zum Zeitvertreib von einer Person gespielt wird. (Es gibt aber auch Zank-Patiencen, die werden von zwei Personen gespielt.) Natürlich gibt es Patiencen auch heute noch. Aber sie heissen – wie in Amerika üblich – Solitaire und werden am Computer gespielt. Also, um bei der Patience zu bleiben: Tante Soscha spielte mit 52 Karten. Und wenn sie nicht aufzugehen drohte, mogelte sie halt ein bisschen. Das geht heute am Computer nicht mehr.

Zwei Jahre nach Kriegsende ging sie auf Arbeitssuche. Ihre Schwester Ursula meinte zwar, sie wäre naiv, denn die knappen Arbeitsstellen in den Verwaltungen würden sicher zuerst von den Männern besetzt werden, die jetzt aus dem Krieg zurück kämen. Soscha hielt dies für Quatsch – die Schwestern waren da ziemlich direkt – und machte sich auf die Suche. Wie damals üblich, fuhr sie per Anhalter in die größeren Städte. Meistens musste sie sich mit einem Platz auf der Ladefläche eines Lastwagens begnügen. Um ihre Kleider vor Schmutz zu schützen, trennte sie von einer Hakenkreuzfahne die runde weiße Fläche (und natürlich das schwarze Hakenkreuz) ab und nahm das Tuch mit auf die Fahrt.

Sie fand schließlich eine Anstellung beim AUMA, dem Ausstellungs- und Messe-Ausschuss der deutschen Wirtschaft in Köln, wo sie bis zur Pensionierung blieb. Ihrer Schwester hat sie es nie ganz verziehen, dass die ihr das nicht zugetraut hatte.

Leider blieb es auch dieser klugen Frau nicht erspart, ihr Gedächtnis zu verlieren. Ihr Lebensende verbrachte Soscha in einem Heim in der Stadtmitte von Berlin. Sie war verwirrt und lief eines Nachts im Morgenrock am Bahnhof Zoo herum. 1986, im Alter von 91 Jahren, starb sie in geistiger Umnachtung.

Holzvergaser

Immer öfter kam es jetzt vor, dass am Straßenrand ein Lastwagen mit einem riesigen Kessel stand. Das waren die so genannten Holzvergaser. Dabei ein Mann, der mit einer kleinen Axt hantierte. Erst hatte er im Wald möglichst trockenes Holz (vorzugsweise Buche) gesucht, jetzt musste er es zerkleinern und den »Ofen« damit beschicken. In dem Kessel fand eine schwelende Verbrennung unter Luftabschluss statt, das war der Ersatz für die immer knapper werdenden flüssigen Treibstoffe. Drei Kilogramm Holz entsprachen einem Liter Benzin. Das Fahrzeug hatte dadurch eine um 40 % geringere Motorkraft, und die Reichweite betrug gerade einmal 60 km. Bei Fahrten im Gebirge, noch dazu voll beladen, war es manchmal schwierig, einen steilen Berg hinauf zu fahren, auch im ersten Gang. Dann wendete der Fahrer den Wagen und versuchte, rückwärts hinauf zu fahren, weil der Rückwärtsgang noch etwas kleiner übersetzt war. Für den Fall, dass ihm sein Vorrat an zu Würfeln gesägtem trockenem Holz unterwegs ausging, musste er immer Säge und Axt mitführen – und sich selbst neuen »Tankstoff« hacken.

Rückzug des Vaters in die »Festung Alpen«

Zu Helmuths elftem Geburtstag am 12. Juni 1944 hatte ihm der Vater – außer der schon erwähnten fulminanten Pralinenschachtel – aus Paris einen Brief geschrieben, in dem stand: *Die Amerikaner sind ja inzwischen in der Normandie gelandet. Aber keine Angst mein Junge, wir werden sie wieder hinauswerfen ....*

Aber schon am 26. August 1944 hatten die Alliierten Paris zurückerobert und im September die deutsche Grenze erreicht. Am 15. September wurde von ihnen in Monschau in der Eifel die erste Militärregierung eingerichtet.

Die Familie hatte den Vater das letzte Mal im Januar 1944 gesehen, als er anlässlich eines Heimaturlaubs in Hohenpeißenberg zu Besuch gewesen war. Damals entstand das Foto mit seinen Söhnen auf den Skiern.

Klaus, Alfred und Helmuth Ristow im Januar 1944 auf dem Hubertushof. Links im Hintergrund die Kirche auf dem Hohenpeißenberg.

Am 28. April 1945 tauchte er unerwartet auf dem Hubertushof auf. Sein letzter der Familie bekannter Aufenthaltsort war die bereits erwähnte Burg Runkel an der Lahn gewesen. Jetzt fuhr er zusammen mit seinem Fahrer Hatzler zu seiner Kompanie, die sich befehlsgemäß in die »Festung Alpen« zurückziehen sollte. Keiner konnte sich vorstellen, dass der Vater bewaffnet war. Aber er wickelte in dem Zimmer, das die Mutter bewohnte, eine Maschinenpistole aus einer Wolldecke und zeigte sie ihr und den Jungs. Sie sehen ihn noch heute vor sich, wie er ihnen die Handhabung vorführte.

Der Vater wollte, weil sein Fahrer und er todmüde waren, auf dem Hubertushof übernachten und am nächsten Morgen weiterfahren. *Du*, sagte seine Frau, *das geht nicht. Die Front ist hier sehr nahe. Es heißt, die Amerikaner seien schon in Schongau.* Schongau ist der übernächste Ort in Richtung Westen.

Der Vater und Hatzler setzten sich also noch einmal in ihren Kübelwagen und fuhren in Richtung Schongau, um die Lage zu erkunden. Aber schon im nächsten Ort, Peiting, standen sie, als sie in eine Haarnadelkurve einbogen, plötzlich einem amerikanischen Panzer gegenüber! Hatzler riss das Steuer herum, wendete und gab Gas, zurück nach Hohenpeißenberg. Ein amerikanischer Offizier war so geistesgegenwärtig, seine Pistole zu ziehen und auf das flüchtende Fahrzeug zu schießen. Eine Kugel traf das Verdeck, flog in der Mitte zwischen Vater und Fahrer durch und blieb im Armaturenbrett stecken. Auf dem Hubertushof konnten sich alle davon überzeugen, dass im Verdeck und im Armaturenbrett ein Loch war. Da die amerikanischen Panzer, wie man in den Erinnerungen von Franz Josef Strauß nachlesen kann, am 28. April kampflos in Schongau eingerollt waren, steht das Datum dieses Vorfalls auf den Tag genau fest.[30]

An ein Bleiben über Nacht war nicht zu denken, die beiden fuhren noch in derselben Stunde weiter in Richtung Alpenfestung. Mutti riet dem Vater aber, nicht wieder ins Dorf hinunter zu fahren – vielleicht seien die Amerikaner schon die wenigen Kilometer von Peiting bis Hohenpeißenberg vorgerückt und würden ihn dann unten an der Dorfstraße abfangen. Sie empfahl, direkt nach Peißenberg, dem ein paar Kilometer weiter östlich gelegenen Nachbarort, zu fahren. Da führe zwar keine Fahrstraße hin, aber für den geländegängigen Kübelwagen wären die Feldwege kein Problem. Sie lotste die beiden Männer zunächst auf die Bergstraße zurück, die links hinter dem Schild »Hubertushof« auf den Hohen Peißenberg führt. Ein paar hundert Meter weiter biegt rechts ein Weg ab, auf dem man über zahlreiche eingezäunte Koppeln hinunter nach Peißenberg kommt. Sie kannte den Weg gut, denn wenn sie mit ihrer Familie den Gottesdienst der evangelischen Kirche besuchen wollte, mussten sie diesen Weg zu Fuß laufen. Das kam aber nicht oft vor, denn man brauchte für den Weg hinunter 30–40 Minuten, und wieder zurück entsprechend mehr.

Es ist nicht überliefert, wie oft die Männer ausgestiegen sind, um die schweren Koppelstangen beiseite zu schieben. Wenn der Wagen durch war, musste die Koppel wieder geschlossen werden, damit die Kühe nicht entweichen konnten. Wenn sich eine Kuh verläuft und den Heimweg nicht alleine findet, dann fehlt sie abends beim Melken. Das bedeutet aber, dass sie irgendwo steht und jämmerlich muht, weil die Milch auf das Euter drückt, was ihr schrecklich weh tut.

---

30 Franz Josef Strauß, Die Erinnerungen, Verlag Siebler 1989. Strauß war damals als Oberleutnant auf dem Fliegerhorst Altenstadt bei Schongau stationiert. Einer Gruppe Hitlerjungen, die Schongau verteidigen wollten, haben sie die Panzerfäuste weggenommen, denen, die aufmüpfig waren, noch ein paar bayerische Watschen „runtergezogen" und allesamt zu Mami nach Hause geschickt.

In Peißenberg verabschiedete sich die Mutter vom Vater, den sie erst 13 Monate später wieder in die Arme schließen konnte, und lief alleine den Weg zurück. Auf dem Hubertushof angekommen, sagte sie zu ihren Söhnen: *Meint ihr, ich hätte es fertig gebracht, ihm den Vorschlag zu machen, hier zu bleiben?* Der Vater hatte Pässe und Klamotten dabei, die ihn als Zivilisten ausgewiesen hätten. So hätte er hier auf dem Hof bleiben und in aller Ruhe das Kriegsende abwarten können. Aber sie wusste, dass irgendwo in der »Festung Alpen« sein Regiment auf ihn wartete, und dass er die Leute nicht allein ihrem Schicksal überlassen wollte.

Alte preußische Tugenden, Pflichterfüllung bis zum bitteren Ende.

Tieffliegerangriffe

Es wurde schon geschildert, wie sehr die Alliierten die Lufthoheit gewonnen hatten. Den großen Bomberverbänden schauten die Kinder auf dem Hubertushof fassungslos nach, eine Gefahr für sie persönlich stellten sie nicht dar. Nur wenn Jagdflieger unterwegs waren, gingen sie in Deckung. Sie konnten auch einmal einen Luftkampf zweier Jagdflugzeuge beobachten, die die kindlichen Experten als deutsche Me 109 und englische Spitfire identifizierten. Selbst wurden sie aber nie von einem feindlichen Jagdflugzeug beschossen.

Erst lange nach dem Krieg wurde bekannt, welche unangenehmen Erlebnisse nächste Familienangehörige und Freunde mit Tieffliegerangriffen hatten.

Klaus' und Helmuths Cousine Renate Hefter fuhr im April 1945 als Zweijährige mit ihrer Mutter Susanne Hefter und ihren Großeltern von Berlin nach München, als ihr Zug im Vogtland, zwischen Hof und Plauen, von Tieffliegern beschossen wurde. Mutter und Großeltern passierte nichts, aber sie selbst wurde durch einen Granatsplitter am linken Arm verletzt. Ein mitreisender Soldat, der sich wohl noch schützend über das Kind gebeugt hatte, wurde so schwer verletzt, dass ihm ein Arm amputiert werden musste. Die medizinische Versorgung erfolgte in einem Dorfgasthof, dorthin war das Stadtkrankenhaus Plauen ausgelagert worden. Danach hatte Renates Familie großes Glück. Als die Amerikaner sich aus Thüringen, das sie zunächst besetzt hatten, zurückziehen mussten, ergatterte ihre Mutter auf einem Lastwagen, der nach München fuhr, vier Plätze. Mit den nachrückenden Russen wollte sie nichts zu tun haben.

Gudrun, Klaus' spätere Frau, war als 13-jährige mit einer Gruppe vom BdM, dem Bund deutscher Mädels, in Pinneberg bei Hamburg unterwegs gewesen, als sie von Jagdfliegern angegriffen wurden. Weil sie nicht rechtzeitig in Deckung gehen konnten, wurden zwei ihrer Begleiterinnen tödlich getroffen und starben vor Gudruns Augen.

Helmuths Klassenkameradin Eva Link berichtet dagegen, ihr sei nichts passiert. Sie sei zwar am helllichten Tage, mit ihrer jüngeren Schwester auf dem Gepäckträger, mit dem Fahrrad zur Blockflötenstunde ins Nachbardorf unterwegs gewesen. Aber die Mutter hätte befohlen: *Wenn sie kommen, abspringen und ins Gras werfen.* Das war im März 1945 in Schondorf am Ammersee! Flötenstunde auslassen kam nicht in Frage …

Die 5e halten dem 4er die 3e

Gegen Kriegsende wurde Klaus, der im November 1944 zehn Jahre alt geworden war, zum Jungvolk »einberufen«, wie alle seine gleichaltrigen Klassenkameraden. Er wurde also auch Pimpf. Er musste hinunter ins Dorf und wurde dort vereidigt. Als er wieder nach Hause kam, erzählte er, dass sich die Eidesformel so angehört habe: »Die Fünfe halten dem Vierer die Dreie.« Entweder war der, der die Formel so sprach, ein sächsischer Landsmann, oder es war seine Form des Widerstandes. Denn aus welchem anderen Grund kann man den Satz »Die Pimpfe halten dem Führer die Treue« so verballhornen?

Ein paar Tage später – die Front war schon bedrohlich nahe gerückt – traf er seinen Jungenschaftsführer auf der Dorfstraße. Klaus hob den Arm zum Gruß und sagte »Heil Hitler«. Der Gruß wurde äußerst schlampig erwidert, und Helmuth sagte zu seinem Bruder, jetzt brauchst Du nicht mehr mit Heil Hitler zu grüßen. Klaus hatte aber Angst, dass man das nächste Mal mit ihm schimpfen würde. Sein älterer Bruder beruhigte ihn, er bräuchte keine Angst mehr zu haben.

Handgranaten zum Ersten

Auf dem Fußweg vom Dorf nach oben zum Hof musste man durch einen kleinen Wald laufen, auf dem so genannten »Briefsteigerpfad«. Das war natürlich nicht sein richtiger Name, er hätte Briefträgersteig heißen müssen, weil es der Weg war, auf dem der Briefträger täglich den Berg zum Hubertushof hochstieg. Aber irgendwie hatte sich der Begriff Briefsteigerpfad eingeführt, und jeder nannte ihn so. An diesem Pfad fanden die Kinder eines Tages kurz vor Kriegsende einen verlassenen Kübelwagen. Offensichtlich hatten ihn deutsche Offiziere auf der Flucht vor den Amerikanern wegen Benzinmangels stehen lassen müssen. Der Wagen als solcher interessierte die acht Dreikäsehochs nicht, sonst hätten sie ihn den Berg hoch zum Hubertushof geschoben, in der Scheune unterm Heu versteckt und gewartet, bis es nach dem Krieg irgendwann wieder Benzin gegeben hätte. Viel mehr interessierte sie ein Spaten, der unter dem Wagen lag. Und ein Sack Kartoffeln, den sie gleich mitnahmen. Was hatten die Soldaten wohl mit dem Spaten gemacht? Klaus stellte fest, dass sie damit ein Loch gegraben hatten. Die Erde war noch frisch aufgeworfen. Also buddelten sie sie wieder aus und stießen zunächst auf ein Feldtelefon. Sie buddelten weiter. Und was fanden sie da?

Acht deutsche Handgranaten – für jedes der Kinder eine!

Nun muss man wissen, dass sie – zumindest die Buben – seit ihrem sechsten Lebensjahr über Kriegsgerät bestens Bescheid wussten. Sie kannten Stukas, also die Sturzkampfbomber, die Flak Acht-Acht, die Stalinorgel, den Unterschied zwischen dem deutschen Tigerpanzer und dem russischen T 34 – und sie wussten über die deutsche Stielhandgranate bestens Bescheid. Die war an anderer Stelle schon ausführlich beschrieben worden. Helmuth machte den Schraubverschluss auf und überzeugte sich im ersten Schritt davon, dass die Handgranaten ordnungsgemäß mit Abreißschnüren und Porzellanringen (den Perlen) ausgestattet waren. Die anderen Kinder standen interessiert dabei und wussten gar nicht, auf welchen Leichtsinn die Buben sich da eingelassen hatten. Und dass sie eigentlich in unmittelbarer Lebensgefahr waren. Gott sei Dank verzichtete der kindliche Waffen-Experte auf den zweiten Schritt, also die Porzellanringe in die Hand zu nehmen und an den Schnüren zu ziehen, und brachte den Schraubverschluss wieder an seine Stelle. Dann packten alle die Handgranaten in ihre Rucksäcke, jedes Kind bekam eine (!), und trugen sie den Berg hinauf zum Hubertushof. Sie waren sicher, dass ihnen nichts passieren könnte, denn die Waffen waren ja vorschriftsmäßig gesichert. In der Scheune versteckten sie sie zunächst einmal unter Heu und Stroh.

Wenn Helmuth und Klaus an diese Geschichte denken, läuft es ihnen heute noch eiskalt den Buckel herunter.

Albert-Hilger van Scherpenberg kehrt zurück

Schon am 25. April, also eine gute Woche vor dem Ende des Krieges, hatte Onkel Hilger, Tante Inges Mann, vom Leiter des Gefängnisses Landsberg zwei Tage Urlaub »auf Ehrenwort« erhalten und war auf den Hubertushof zurückgekehrt. Da die Amerikaner aber schon auf breiter Front die Donau überquert und Landsberg am 27. April besetzt hatten, war für ihn eine Rückkehr unmöglich geworden. Jetzt standen mehr Männer als je zuvor zur Heuernte zur Verfügung, die planmäßig Anfang Juni 1945 begann. Helmuth erinnert sich an viele interessante Gespräche mit diesem ehemaligen Legationsrat des Reichsaußenministeriums, während sie Schwade um Schwade des trockenen Grases zusammenrechten. Als Helmuth einmal einen Schluckauf bekam, verriet Onkel Hilger ihm ein Rezept, ihn schnell wieder los zu werden. Ein alter holländischer Spruch lautet:

Huck – gluck – glier,
ich schenk den Schlucker dir.
Ich schenk den Schlucker 'nem and'ren Mann,
der ihn besser gebrauchen kann.

Man muss dies nur einmal aufsagen, dann ist der Schluckauf verschwunden. Jedenfalls war es bei Helmuth so. Er wendet ihn noch heute an, er wirkt immer wieder. Versuchen Sie es doch auch einmal, wenn Sie wieder Schluckauf haben!

Amerikanische Artillerie beschießt den Berg

Wenige Tage vor Kriegsende wurde der Hohe Peißenberg von amerikanischer Artillerie beschossen. Und das hatte folgenden Grund.

Ganz oben auf dem Berg, etwas unterhalb der Kirche bei der Wetterstation, war eine Kompanie deutscher Soldaten stationiert. Es kann sich durchaus um eine Abteilung von Vaters Luftnachrichtenkompanie gehandelt haben, die von dort oben das Umland und den Vormarsch der Alliierten beobachtete. Als sich die Front bedrohlich näherte, bekamen sie den Befehl zum Rückzug, wahrscheinlich Richtung »Festung Alpen«. Das Beladen ihrer Fahrzeuge geschah zwar nachts, aber bei voller Beleuchtung. Vom Verdunkeln hatten die noch nie etwas gehört. Daraufhin wurden sie von den Amerikanern unter Beschuss genommen.

Dieser Beschuss löste bei den Bewohnern des Hubertushofs unterschiedliche Reaktionen aus. Die einen packten ihre Koffer, zogen Hüte und Mäntel an und setzten sich in die Bauernstube. Dort lauschten sie ängstlich dem Geräusch der heranfliegenden Geschosse, beteten und hofften, dass der Hof und damit sie nicht getroffen würden. Klaus und Helmuth waren schon schlafen gegangen, ebenso wie die anderen Kinder. Sie wurden zwar wach vom Jaulen der Granaten. Aber sie wussten ja von den Fliegerangriffen aus Berlin, dass man die Bombe, die einem selbst gilt, zuletzt oder gar nicht hört. Also drehten sie sich wieder um und schliefen weiter.

Am nächsten Tag wurde das ganze »Ausmaß« des Beschusses offensichtlich. Auf der Wiese neben dem Hubertushof lagen zwei tote Rehe. Tante Inge informierte den Förster, der holte ein Reh ab und überließ der Pension das andere. Die Küche freute sich über die Abwechslung. Eine andere Granate hatte ein Loch in die Wallfahrtskirche auf dem Berg gerissen und dabei unzählige Wachskerzen zerstört. Die Kinder sammelten die kaputten Kerzen ein, nahmen sie mit nach Hause und gossen neue Kerzen daraus.

Und die abziehende Nachrichtenabteilung, der der Beschuss gegolten hatte? Von Treffern oder Schäden ist nichts bekannt geworden, die Truppe zog unbehelligt ab und freute sich, dass das Ganze für sie wie das Hornberger Schießen ausgegangen war. Der Beschuss hatte also nichts damit zu tun, dass der Hubertushof vor der Einnahme durch die Amerikaner sturmreif geschossen werden sollte. Die vollzog sich weniger spektakulär – aber für die kindlichen Zeitzeugen war das schon sehr aufregend, wie wir gleich lesen werden.

Einnahme des Hubertushofes durch die Amerikaner

Blick von der Adlerhütte zum Hubertushof

Denn Ende April 1945 ließ sich der Hubertushof von den Amerikanern widerstandslos einnehmen. Schon Tage vorher wurde Tante Inge von einigen Pensionsgästen gedrängt, weiße Bettlaken aus den Fenstern zu hängen zum Zeichen dafür, dass man sich freiwillig ergeben würde. So war es unten im Dorf üblich, an allen Häusern hingen weiße Tücher. Aber dafür war Tante Inge zu stolz. Das hatte zur Folge, dass zunächst unterhalb des frei stehenden Gehöfts, bei der »Adlerhütte«, ein amerikanisches Militärfahrzeug mit einem schussbereiten Maschinengewehr auffuhr, dessen Mündung direkt auf den Hubertushof gerichtet war. Die Kinder saßen gerade beim Abendessen und schauten dem Manöver interessiert zu, von Angst keine Spur. Dann kam eine Gruppe bewaffneter Soldaten unter der Führung eines Offiziers auf den Hof. Das waren die gleichen, von denen es im Juni 1944 geheißen hatte, dass sie eigentlich gleich wieder ins Meer zurück gejagt werden würden!

Als die Amerikaner das Haus betreten wollten, öffnete ihnen Tante Inge hoheitsvoll die Tür und bat sie herein. Die Konversation wurde in englischer Sprache geführt. Der kommandierende Offizier fragte als erstes, wie viel Männer sich auf dem Hof befinden würden, und befahl, dass diese sich im Erdgeschoss einfinden und in einer Reihe aufstellen sollten. Er wollte ihre Ausweise kontrollieren. Es waren sechs oder sieben, was sich halt so im Lauf der letzten Tage und Wochen dort eingefunden hatte. Darunter waren außer Dr. van Scherpenberg der langjährige Pensionsgast Goldberg, ein netter älterer Herr aus München, der Zigarrenfabrikant Vollmer und Heiko Wilm, Tante Soschas Sohn.

Dann durchsuchten sie das Haus. Die Frauen amüsierten sich, weil der Soldat, der den Befehl bekam, im Keller nachzuschauen, sich noch einmal ängstlich umdrehte und einen Kameraden bat mitzukommen.

Auch die oberen Stockwerke wurden inspiziert und in alle Räume hineingeschaut. Ursula Ristow hatte in ihrem Zimmer ein Bild ihres Mannes, in voller Montur: Offiziersuniform (als Major bei der Luftnachrichtentruppe), mit Monokel am linken Auge und seiner charakteristischen Unterschrift. Der jüdische Dolmetscher, der den Offizier begleitete, sagte zu ihm, als sie das Bild des Vaters sahen: »Das ist ein typischer preußischer Aristokrat!«

Major Dr. Alfred Ristow 1944 an der Invasionsfront.

Ein paar Tage später kapitulierte Deutschland. Und jetzt begann eigentlich die schwierigste Zeit, die Nachkriegszeit. Die vor allem dadurch gekennzeichnet war, dass die Familie bangte, ob der Vater noch am Leben war, und dass die Mutter anfing, sich Sorgen um die Zukunft zu machen, weil zunächst keiner wusste, wie es weitergehen würde.

Nach wie vor schlossen Klaus und Helmuth ihren Vater in ihr Nachtgebet ein. Aber natürlich änderten sie den übrigen Text. Kein Wunsch mehr, den Krieg zu gewinnen und alle Soldaten zu beschützen.

9

Nachkriegszeit

Schon wieder Handgranaten

Sofort nach Kriegsende erließen die Alliierten verschiedene Vorschriften. Als erstes wurde eine Sperrstunde eingeführt. Nach 17:00 Uhr durfte sich niemand mehr im Freien sehen lassen. Das bekamen die Kinder sofort mit, obwohl sie es nicht einsahen. Denn es war noch taghell. Außerdem mussten sie noch die Handgranaten in den Wald bringen, die sie zunächst in der Scheune versteckt hatten – nicht auszudenken, was passiert wäre, wenn die Amerikaner auf der Suche nach Waffen systematisch den Hof durchsucht hätten.

Harald und Helmuth packten also die Handgranaten in zwei Rucksäcke und verschwanden damit im Wald. Man kann nicht oft genug wiederholen, dass sie noch Dreikäsehochs waren, nämlich gerade einmal 14 und knapp zwölf Jahre alt. Unterhalb des Hubertushofes, auf der anderen Seite der Straße, war eine kleine Lichtung. Daneben floss ein Bächlein durch den Wald ins Tal. Hier hatte Harald vor Jahren schon eine Höhle entdeckt, die so groß war, dass darin ein oder zwei Kinder Platz hatten. Dort wollten sie die gefährlichen Dinger hinbringen. Die Höhle hatte noch einige Nebenhöhlen, da stopften sie die Handgranaten alle hinein.

Und wenn sie niemand gefunden hat, befinden sie sich heute noch dort!

Als sie sich auf den Heimweg machten, war es schon halb sechs, und auf dem Balkon des Hubertushofes standen die Erwachsenen nervös herum und warteten ungeduldig auf die beiden. Als sie sie endlich kommen sahen, riefen sie ihnen fast hysterisch zu, macht schnell, dass ihr nach Hause kommt, die Sperrstunde hat längst begonnen. Sie selbst durften sich noch weniger trauen, den Hof zu verlassen. Obwohl sie am liebsten gekommen wären, um den beiden ordentlich die Ohren lang zu ziehen.

Es war auch gefährlich, die Sperrstunde zu missachten. Denn eine Einheit der Amerikaner kampierte auf dem Berg, und ständig fuhren Jeeps oder Transportfahrzeuge die Bergstraße rauf und runter. Einmal passierte es, dass auf der kleinen Lichtung, von der eben die Rede war, zwei Rehe ästen. Ein vorbei kommender Jeep hielt an, ein Soldat hob das Gewehr, erschoss die beiden Rehe, lud sie in den Wagen und nahm sie mit. Fourage! Beim Hinunterfahren hielten sie am Straßenrand und warfen Tonnen voller Müll in den Wald. Direkt unter die Spielplätze der Indianerhäuptlinge und ihrer Squaws, die »Adlerhütte« und den »Indianerfall«. Als die Kinder das sahen, sind sie hingegangen und haben den Müll durchsucht. Aber außer ein paar Scheiben Käse, einen halbvollen Marmelade-Eimer und recht grob gemahlenen Bohnenkaffee haben sie nichts Essbares gefunden.

Bohnenkaffee! Welch ein Luxus nach sechs Jahren Krieg und fast eben so vielen Jahren Muckefuck, dem sehr dünnen Malzkaffee. Natürlich wurde der von den Erwachsenen im Haus begeistert in Empfang genommen, ebenso wie die Marmelade.

Klaus hatte sein Interesse für amerikanische Briefmarken entdeckt und wurde mächtig fündig. Er hatte aber noch etwas entdeckt. Er fand ein Päckchen, welches sorgfältig mit Klebeband verschlossen war. Das machte ihn neugierig, und er machte sich daran, das Päckchen zu öffnen, was nicht leicht war. Als es endlich offen war, traf ihn fast der Schlag. In dem Paket lag eine Handgranate. Eine Handgranate auf der Mülldeponie!

Aber keine, wie die kindlichen Zeitzeugen und Waffenexperten sie kannten, keine deutsche Stielhandgranate. Sondern eine amerikanische Eierhandgranate, die wegen ihrer Form auch »Ananas« genannt wurde. Von der hatten sie schon gehört, jetzt lag eine direkt vor ihnen. Aber dabei blieb es Gott sei Dank, denn vor dieser hatten sie mächtig Respekt, mehr als vor den deutschen. Was sie anbetraf, waren die Jungs keineswegs die Experten, für die sie sich bezüglich der deutschen Handgranate hielten. Klaus entsorgte sie im Gebüsch, in dem sich die deutschen Truppen auch noch verschiedener Kriegsutensilien entledigt hatten (Gewehrmunition, Seitengewehre etc.), und sie betraten diese Deponie nie wieder.

Plünderungen

Und dann kamen die Russen!

Im Bergwerk in Hohenpeißenberg hatten russische Zwangsarbeiter gearbeitet, die jetzt frei gelassen worden waren. Nachts schwärmten sie aus, brachen in Häuser und Höfe ein und plünderten. Vor allem auf die allein stehenden Bauernhöfe hatten sie es abgesehen. Der Hubertushof konnte also eines ihrer bevorzugten Ziele sein. Ein Versuch, den amerikanischen Ortskommandanten dazu zu bewegen, die Einwohner vor den plündernden Russen zu beschützen, schlug fehl. Er meinte, die Deutschen – nicht die Amerikaner – hätten die Russen ins Land geholt. Jetzt sollten sie auch sehen, wie sie mit ihnen fertig würden.

Tatsächlich warnte einer der Russen, der auf dem Hubertushof in der Landwirtschaft mitgeholfen hatte und gut behandelt worden war, die Bewohner des Hofes vor seinen Landsleuten. Er untersuchte die Schlösser aller Türen, die nach draußen führten, machte auf Schwachstellen aufmerksam und sagte immer wieder: *Kammeratt nix gutt.* Sicherheitshalber bekam jeder Pensionsgast ein Gartengerät als »Waffe« gegen unliebsame Eindringlinge ins Zimmer gestellt.

Auf dem Hubertushof wollten die Russen aber gar nicht durch eine der Türen, sondern durch ein Fenster einsteigen. Aber da haben sie Pech gehabt.

Es wurde schon erzählt, dass sich auf dem Hof gegen Ende des Krieges und auch noch nach der Kapitulation viele Leute eingefunden haben, die von wer-weiß-woher erfahren hatten, dass dies ein sicheres und gastfreundliches Plätzchen sei, wo es vor allem noch genug zu essen gab. So auch ein ehemaliger Landser, der auf der Durchreise war. Er bekam das leere Zimmer des Stallpersonals zugewiesen, welches über dem Kuhstall lag, mit direkter Aussicht auf den Misthaufen. In seiner ersten Nacht im neuen Heim wurde er nachts aufgeweckt, weil jemand durch das Fenster ins Zimmer einsteigen wollte. Es war ein Russe! Dessen Kollegen hatten eine Leiter auf den Misthaufen gestellt und an die Hauswand gelehnt, direkt ans Fenster des neuen Bewohners. Die ungebetenen Gäste hatten wohl einen Tipp bekommen, dass das Zimmer leer sei. Der erste *nix gutte Kammeratt* hatte schon ein Bein über die Fensterbrüstung geschwenkt, als er durch einen lauten Schrei des Landsers jäh gestoppt wurde. Der bekam im Dunkeln eine Blechdose zu fassen, die er nach dem Einsteiger warf. Der zog sich vor Schreck sofort zurück und fiel prompt von der Leiter, direkt in den Misthaufen. Er fiel zwar weich, aber man muss wissen, dass Kuhmist kein »trockener« Mist wie Pferdemist ist. Sondern er ist quietschnass und stinkt gewaltig. Darin wird er nur von der Schweinegülle übertroffen. Der Mann muss sich bestimmt, bevor er wieder in seine Baracke am Bergwerk einziehen durfte, erst einmal mit viel Wasser und Seife gewaschen haben, und seine Kleidung sicher draußen lassen.

Also der Versuch, den Hubertushof zu stürmen und zu plündern, misslang, und die Russen zogen wieder ab. Aber nicht ohne Helgas Kaninchen, das war ihre einzige Beute. Als das am nächsten Morgen festgestellt wurde, gab es unendliche Tränen.

Mutter Ristow lieferte noch eine lustige Pointe zu diesem Schreck. In einer der nächsten Nächte schaute sie nachts aus ihrem Schlafzimmer im ersten Stock und beobachtete eine Gestalt, die um die Hausecke lugte und dabei – offenbar die Lage sondierend – den Oberkörper auf und ab bewegte. Sie schrie: »Hau ab, du Schwein!« und zog vorsichtshalber erst einmal ihren Kopf zurück. Als sie nach einer Weile vorsichtig wieder hinausschaute, hatte sich an der Situation nichts geändert. Wie sich herausstellte, war es der Zweig eines Rosenbuschs, der sich im Wind langsam hin und her bewegte.

Flüchtlinge

Eine völlig neue Erfahrung waren die gewaltigen Flüchtlingsströme, die sich über das Land ergossen. Auch eine neue Erkenntnis, dass kriegerische Auseinandersetzungen die Zivilbevölkerung zur Flucht aus ihrer Heimat zwingen. Der Hubertushof musste eine Familie aufnehmen, und irgendwie wurden auch diese fünf oder sechs Köpfe untergebracht. Sie kamen aus der Batschka, einer Region zwischen Serbien und Ungarn, zwischen Donau und Theiß gelegen. Klaus' und Helmuths Vater hatte, wie schon erwähnt, an Kämpfen in der Batschka teilgenommen, als 1941 das Königreich Jugoslawien im Balkanfeldzug von den deutschen Truppen besetzt worden war. Dort lebten die deutschsprachigen Donauschwaben, die im 18. Jahrhundert das Land der Stephanskrone (der Königskrone des ehemaligen Königreichs Ungarn) besiedelt hatten.

Die Flüchtlingsfamilie sprach also deutsch, aber mit einem für die Einheimischen ungewohnten Akzent. Angesichts des Vormarsches der Roten Armee waren sie wie viele andere evakuiert worden. Dabei waren zwei Mädchen, die nicht sehr viel älter als die acht Kinder waren. Aber an den kindlichen Spielen, an welchen die vom Krieg weitgehend verschonten Buben und Mädchen Freude hatten, beteiligten sie sich nicht. Wahrscheinlich hatten sie den Krieg in weitaus unangenehmerer Art erlebt und jetzt andere Sorgen. Auf eine Art waren sie aber fröhlich. Denn wenigstens ein Spruch blieb in Erinnerung, den alle am 6. Dezember von ihnen zu hören bekamen: *Komm Herr Jesus, der du bist, schmeiß' den Niklaus auf den Mist…*

Und die Frauen konnten so genannte »Batschen« herstellen, das waren Latschen oder Schlappen, die man im Haus tragen konnte, um das Schuhwerk zu schonen. Man musste den Frauen aber das Material zur Verfügung stellen, zum Beispiel eine alte bunte Tischdecke aus Wachstuch. Nur war der »Verschnitt« so groß, dass aus zwei Quadratmeter gerade mal ein Paar Batschen herauskamen, von dem Rest nähten sie sich selbst zwei oder drei Paar – wie man später an ihren eigenen Füßen sehen konnte.

Franzosen kommen und gehen

Auf der Bergstraße wurde Helmuth ungefähr um die gleiche Zeit von einem Mann angesprochen, der fragte, wo es nach »O-an-piss-am-berg« gehe. Helmuth verstand gar nichts, außer dass der Mann fragte, wo man am Berg pissen könnte. Aber das hätte er doch hinter jedem Baum machen können. Tante Soscha erklärte es Helmuth später: Wenn man weiß, dass die Franzosen kein »h« sprechen können, und wenn man das »en« wie »an« nasal ausspricht, dann kommt man darauf, dass er nach »Hohenpeißenberg« wollte – wo er eigentlich schon war.

Weil wir gerade dabei sind, französisch zu lernen: Auf dem Hubertushof selbst arbeitete eine Belgierin namens Albertine als Melkerin und Küchenhilfe. Auch von ihr konnte man lernen, den Speisezettel vitaminreich mit Dingen zu ergänzen, für die man keine Lebensmittelmarken brauchte: Sie sagte, sie wolle *»Piss-en-lit«* sammeln gehen, der würde, als Salat zubereitet, sehr gut schmecken. Das konnte sich keines der Kinder vorstellen, heißt doch *pissenlit* »pinkel ins Bett«. Als sie vom Sammeln wiederkam, lachten alle erleichtert – es waren die jungen, nur leicht bitter schmeckenden Blätter des Löwenzahns, bei uns auch als Butterblume bekannt. Angeblich soll man, wenn man jemand die Blüte unter das Kinn hält, sehen können, ob der viel Butter isst: sein Kinn würde dann gelblich schimmern. Wenn die Blume im Mai verblüht, wird aus der gelben Blüte kugelförmig angeordneter Samen, den man ganz leicht wegpusten kann; deshalb heißt der Löwenzahn auch Pusteblume. Im Französischen hat der Löwenzahn aber auch einen ordentlichen Namen: *Dent-de-lion*. Albertine hat halt das *argot,* also das Wort aus der Gaunersprache, gewählt, wahrscheinlich um erst einmal zu schockieren.

Sie selbst verabschiedete sich nach Beendigung des Krieges vom Hof und kehrte in ihre belgische Heimat zurück. Der Transport dürfte kein Problem gewesen sein. Sie fuhr per Anhalter, und es waren ständig amerikanische Fahrzeuge unterwegs, die gerne hübsche junge Frauen mitnahmen. Nach ihrer Ankunft zu Hause hat sie mit Inge van Scherpenberg Kontakt aufgenommen und mitgeteilt, dass sie gut angekommen sei. Auf Einladung der Gemeinde Hohenpeißenberg kam sie ein paar Jahre später noch einmal zu Besuch.

»This man is o. k.«

Noch im Mai 1945 kam jemand aus dem Rathaus Hohenpeißenberg auf den Hubertushof und verlangte Inge van Scherpenberg zu sprechen. Sie bräuchten einen Dolmetscher, und es war da unten bekannt, dass sie die englische Sprache beherrschte. Da sie für die Leitung des Hofes mit der vollbesetzten Pension unabkömmlich war, erklärte Ursula Ristow sich bereit, mehrere Tage in der Woche ins Rathaus zu kommen und zu dolmetschen. Ihre wichtigste Aufgabe war, die Anordnungen der Besatzungsmacht in die deutsche Sprache zu übersetzen. Dann kamen unzählige Durchreisende, die vor allem darauf angewiesen waren, Lebensmittelmarken zu bekommen. Mutti berichtete, dass einer einen Zettel vorgezeigt habe, auf dem nur stand: »*This man is o. k.*«

Es besteht der leise Verdacht, dass Mutter Ristow auf der ständigen Suche nach Nahrung für ihre heranwachsenden und immer hungrigen Söhne (10 und 11 Jahre alt) ihnen die eine oder andere Sonderzuteilung genehmigte. Das wurde spätestens klar, als sie zwei Jahre später nach Karlsruhe zogen, wo die Mitarbeiter auf dem Rathaus nur den Kopf schüttelten, als sie sahen, welche Mengen an Sondermarken der Familie Ristow in Bayern zugeteilt worden waren.

In Ausübung des Besatzungsrechts hatten die vier Siegermächte den Alliierten Kontrollrat eingerichtet. Dieser begann im September 1945 damit, die so genannten Kontrollratsgesetze zu erlassen, mit denen vor allem die von den Nationalsozialisten erlassenen Gesetze und Verordnungen außer Kraft gesetzt wurden. Das Kontrollratsgesetz Nr. 1 erschien am 15. September 1945 und befasste sich mit der Aufhebung von NS-Recht (z. B. des Ermächtigungsgesetzes). Später kam die Aufhebung der Polizei-Verordnung zur Zwangskennzeichnung der Juden hinzu. Das ging so fort bis ins Jahr 1948. Kurze Zeit später machte eine kuriose Geschichte die Runde und sorgte allgemein für Heiterkeit: Die Alliierten hätten vergessen, die Polizei-Verordnung vom 17. Mai 1939, erschienen im Reichsgesetzblatt Teil I, Seite 921, aufzuheben. Diese hatte verfügt, dass der Badenweiler Marsch, Hitlers Lieblingsmarsch, nur auf den Veranstaltungen, an denen der Führer teilnimmt, und nur in seiner Anwesenheit öffentlich gespielt werden darf.[31]

Rückkehrer

Klaus' und Helmuths Vetter Heiko Wilm (Jahrgang 1918), Tante Soschas Sohn, kehrte schwer verwundet aus Russland zurück. Er war Kommandant eines Panzerkampfwagens »Tiger« gewesen, einem der kampfstärksten Panzer des zweiten

---

31 Der Badonviller-Marsch (auch Badenweiler-Marsch) wurde 1914 von dem bayerischen Militärmusiker Georg Fürst für das Königlich-Bayerische Infanterie-Leibregiment komponiert. Der Titel erinnert an das Gefecht vom 12. August 1914 bei Badonville in Lothringen. »Die Leiber« errangen dort am Beginn des Ersten Weltkrieges einen ersten Sieg gegen die Franzosen. (Quelle: Wikipedia.) Der Name hat also nichts mit dem südlich von Freiburg gelegenem Badenweiler zu tun.

Weltkrieges. Natürlich kannten die Jungs ihn bestens: Er war 57 Tonnen schwer, leistete 700 PS und besaß eine bis zu 110 mm dicke Panzerung. Und sie hörten Heiko fasziniert zu, wenn er erzählte. Seine Einheit betrachtete sich als Sicherungsgruppe für andere Truppenteile und hatte die Sicherheitsnadel als Symbol dafür gewählt. Eines Tages war es damit aber aus, der Tiger wurde von den Russen abgeschossen und geriet in Brand. Es war dramatisch, wie er und seine vier Leute sich aus dem Ungetüm retten konnten. Nachdem er seinen Untergebenen den Vortritt gelassen hatte, explodierte die Munition und verletzte seinen linken Arm so sehr, dass er sich mit nur einem Arm aus dem Fahrzeug ziehen konnte. Aber es gelang ihm. Draußen wälzte er sich wie die anderen erst einmal im Schnee, um die brennende Uniform zu löschen. Er hatte großes Glück: der Arm musste nicht amputiert werden, und sie gerieten auch nicht in russische Kriegsgefangenschaft. Er zeigte allen die Ostmedaille, den so genannten »Gefrierfleischorden«, den er für seine Teilnahme am Feldzug gegen die Sowjetunion im Winter 1941/42 erhalten hatte. Das dazu gehörige Band war in den Farben rot – weiß – schwarz – weiß – rot gehalten, was von den Landsern so gedeutet wurde: Der kleine schwarze Streifen in der Mitte, das sind sie, die Landser, ein trauriges Häufchen, hoffnungslos eingekesselt zwischen dem Schnee (den weißen Streifen) und der Roten Armee rechts und links um sie herum.

Tante Grete Anners hatte einen Ziehsohn namens Günther, der ebenfalls auf dem Hof auftauchte. Angeblich war er im Krieg Taucher gewesen. Viel getaucht – Entschuldigung getaugt – hat er nicht, er verschwand auch wieder sehr schnell. Nicht ohne vorher die Vollmer-Buben in helle Aufregung versetzt zu haben. Die hatten ein Zimmer neben Maria, der Haushaltshilfe. Und sie bekamen mit, dass Günther Maria in ihrem Zimmer besucht hatte. *Die Maria und der Günther ham g'fockelt,* berichteten sie anderntags.

Ebenfalls auf den Hubertushof kamen kurze Zeit darauf Konstanze und Cordula Schacht. Sie stammten aus der zweiten Ehe von Helmuths Patenonkel, dem ehemaligen Reichsbankpräsidenten Hjalmar Schacht, Vater von Tante Inge. Auf seine Biografie »76 Jahre meines Lebens« war ja an anderer Stelle schon hingewiesen worden. Beide Mädchen waren im Krieg geboren worden. Die ältere konnte schon sprechen und sagte zu Helmuth, da er viel mit ihr spazieren ging: *Helmuth, ich habe dich ja sooo lieb.* Das machte ihn sehr verlegen. Und Mutter

Ristow sagte zu ihrer Patentochter Helga van Scherpenberg: »Helga, setz' mal deine Tante auf den Topf.«

Kurze Zeit später konnte noch jemand auf den Topf gesetzt werden: Scherpenbergs bekamen noch ein Brüderchen, das Jens-Christoph getauft wurde! Die heranwachsenden Kinder sahen zum ersten Mal eine Frau in anderen Umständen und betrachteten ehrfurchtsvoll Tante Inges dicken Bauch. Helga, die inzwischen mit 12 Jahren Anspruch auf ein eigenes Zimmer hatte (und es auch bekam), ermahnte die Jungs streng, sich jedweden Kommentars zu enthalten.

Wer nicht aus dem Krieg zurück kam, war Tante Inges Bruder Jens, Schachts Sohn. Er war in Russland geblieben.

Inzwischen war Franz-Joseph Strauß Landrat in Schongau geworden, ein Amt, das er bis 1948 inne hatte. Eines Tages besuchte er (damals noch rank und schlank) Dr. van Scherpenberg auf dem Hubertushof. Die beiden Männer saßen auf dem Balkon und besprachen ihre beruflichen Möglichkeiten. Van Scherpenberg wurde noch 1945 Mitarbeiter im Bayerischen Wirtschaftsministerium. 1950 ging er nach Bonn, wurde 1953 von Heinrich v. Brentano wieder in das Auswärtige Amt übernommen und war von 1958 bis 1961 Staatssekretär. Er beendete seine Karriere als Botschafter beim Vatikan (Heiligen Stuhl) in Rom. Dort hat Ursula Ristow ihre Schulfreundin Inge van Scherpenberg ein- oder zweimal besucht.

1969 ist Hilger van Scherpenberg in Hohenpeißenberg gestorben.

Zukunftssorgen

Von Vater Ristow gab es monatelang kein Lebenszeichen, und die Mutter muss sich Sorgen über die gemeinsame Zukunft gemacht haben. Allerdings ließ sie sich das nicht anmerken. Die Pension auf dem Hubertushof kostete 24,- RM pro Tag, für drei Personen! Zuzüglich 15 % Bedienung. Letzteres hat Tante Inge ihr aber erlassen, da die Mutti nach wie vor im Haushalt mitarbeitete und auch die Pensionsgäste bedienen half. Das wenige Geld, das sie hatte, wäre bald alle gewesen. Ein paar Pfennige verdiente sie dadurch, dass sie Heimarbeit annahm: für irgendeinen Produzenten von Unterwäsche in Hohenpeißenberg nähte sie

Knöpfe an die Hemden. Außerdem ging sie – immer begleitet von einem ihrer hoch aufgeschossenen, mageren Söhne – hamstern. Sie klapperte die umliegenden Bauernhöfe ab und bettelte um Lebensmittel, so wie das viele Städter zu dieser Zeit machten. Manchmal wurde auch irgendein Schmuckstück gegen einen (kleinen) Sack Mehl gewechselt, was nur für den Bauern ein guter Tausch war. Das waren aber alles keine Maßnahmen, die den Fortbestand der dreiköpfigen Familie auf die Dauer gesichert hätten.

Dieses Bild entstand im Dezember 1945, als Klaus und Helmuth elf und zwölf Jahre alt waren. Dass sie in der

Klaus und Helmuth im Dezember 1945

Zeit der größten Entbehrungen in ihre feinsten Klamotten gesteckt und fotografiert wurden, kann man heute eigentlich gar nicht nachvollziehen. Es gibt nur die eine Erklärung dafür, dass ihre Mutti ein Bild machen wollte, um es dem Vater in die Kriegsgefangenschaft zu schicken.

Auch ihr vorübergehender Aufenthalt in Nürnberg, beim Kriegsverbrecherprozess, der im November 1945 begonnen hatte, trug zum Unterhalt der Familie nichts bei. Dort hatte sie sich Schachts Rechtsanwälten als Sekretärin zur Verfügung gestellt. Das tat sie dem Vater ihrer Freundin Inge van Scherpenberg zuliebe. Es wurde ja schon darüber berichtet, dass sie das Manuskript seines 1931 erschienenen Buches »Das Ende der Reparationen« getippt hatte. Das alliierte Tribunal hatte Schacht wegen »Verbrechens gegen den Frieden« angeklagt und warf ihm vor allem vor, die Aufrüstung der Wehrmacht mit einem riesigen Finanzkonzept unterstützt zu haben. Dieses Konzept hatte einen Finanzrahmen von 35 Mrd. Reichsmark umfasst, verteilt auf acht Jahre. Bekanntlich war er einer der drei Angeklagten, die 1946 frei gesprochen wurden.

Die Mutti erhielt aus Teltow regelmäßig Informationen über die Bemühungen von Exner und Rapp, den Betrieb am Laufen zu halten. Die Schwierigkeiten lagen vor allem darin begründet, dass er von einem Tag auf den anderen von der Kriegs- auf die Friedenswirtschaft umgestellt werden musste. Sie selbst hatte aber keinerlei Erfahrungen als Unternehmerin, und auch kein Talent dazu. Deshalb war sie den Frauen und Männern in Teltow keine große Hilfe.

Immerhin war noch soviel Geld da, dass die Mutter für eine gute schulische Ausbildung ihrer Söhne sorgen konnte. Jedenfalls durfte Helmuth als Zwölfjähriger im Herbst 1945 wieder nach Schondorf ins Landheim zurück.

10

Helmuth zurück ins Landheim

Wiederaufnahme des Schulbetriebes

Schon im Herbst 1945 wurde der Schulbetrieb im Landheim Unterschondorf am Ammersee wieder aufgenommen. Helmuth war einer der Glücklichen, die gleich wieder kommen durften und das Schuljahr da, wo sie es im April verlassen hatten, weiterführen konnten, also ohne die Klasse wiederholen zu müssen. Allerdings gab es keine Parallelklassen mehr, die A-Klasse und die B-Klasse wurden zusammengelegt.

Die ersten Nachrichten über Klassenkameraden, die nicht wiederkamen, waren sehr traurig. Ossi Reichert, ein allseits beliebter Mitschüler aus der früheren B-Klasse, hatte in einer Kiesgrube am Rande seines Heimatortes, oberhalb von Sonthofen, mit Munition »gespielt«, aber nicht so viel Glück gehabt wie Klaus und Helmuth mit den Handgranaten. Er ist dabei ums Leben gekommen. Der Mitschüler Troeltsch war an einem der letzten Kriegstage schreiend und mit blutigen Knien aus dem Wald gekommen und im Hof des Landheimes zusammengebrochen. Auch dies hatte mit Munitionsfunden zu tun. Was aus ihm geworden ist, hat man nie erfahren, auch er kam nicht zurück nach Schondorf.

Die Anfänge waren schwer und der Internatsbetrieb konnte zunächst nur provisorisch aufrecht erhalten werden. Das Haupthaus – mit Zentralheizung – war von amerikanischen Truppen besetzt und durfte von den Schülern nicht betreten werden. Ein Mitschüler, der sich auf der Suche nach etwas Essbarem in der Küche des Haupthauses von den Amis erwischen ließ, wurde von ihnen

Die 4. Klasse 1947.
Helmuth auf der Mauer, zweiter von links. In der Mitte sitzend der 1945 wieder als Schulleiter eingesetzte Dr. Ernst Reisinger. Im Hintergrund das Haupthaus, im zweiten Stock der zum großen Schlafsaal gehörige Balkon. Die im Text erwähnten Mitschüler sind: Eva Linn, verh. Link, stehend die vierte von links. Klaus Schenk sitzt als dritter von rechts auf der Mauer, und Gustav Dehlinger – der mit dem durchgeistigten Blick – als erster von rechts in der ersten Reihe.

eine Nacht lang festgehalten. Ein Lehrer, der ihn besuchen durfte, schilderte, dass der Delinquent in einem der leeren Klassenzimmer eingesperrt worden war und wie ein Häufchen Elend in einer Ecke auf dem Fußboden hocken würde. Nicht nur ihm war der Schreck über diese »Verhaftung« ordentlich in die Glieder gefahren.

In einem der Seitengebäude, im Chemiesaal, wurde ein provisorischer Speisesaal eingerichtet. Der Biologiesaal, der vorher nur für Professor Zielinskis Naturkunde- und Biologieunterricht benutzt worden war, wurde das Klassenzimmer für die zwölf- und dreizehnjährigen Viertklässler, also auch für Helmuth. Der Tagesablauf war wieder wie früher: vormittags Schule, mittags Körperliche und nachmittags Schularbeiten. Wenn der Strom ausfiel, was recht oft passierte, und man das Glück hatten, vom Ziu beaufsichtigt zu werden, dann unterhielt er die Klasse im Dunklen mit einer spannenden Geschichte. Zum Beispiel die seiner und seiner Frau erfolgreichen Flucht vor den Sowjets anfangs der 1920er Jahre aus Kronstadt über die zugefrorene Ostsee nach Finnland. Oder Edgar Allan Poes Kurzgeschichte »Der Doppelmord in der Rue Morgue«. Im Übrigen war er berüchtigt für seine faulen Witze, zum Beispiel:

»Das Schiff ist 140 m lang, hat zwei Schornsteine und verdrängt 20000 Bruttoregistertonnen. Außerdem arbeiten darauf 66 Matrosen. Frage: Wie alt ist der Kapitän?«
???
»42 Jahre!«
???
»Ich habe ihn gefragt ...«
Hahaha, selten so gelacht.

Etwas anderes war seine Art, seinen Schülerinnen und Schülern das Erlernen der Namen der indonesischen Inseln zu erleichtern:

»Der Elefant von Borneo ist hinten so wie vorneo;
Der Elefant von Celebes hat hinten etwas Gelebes.«[32]

---

32 Borneo heißt heute Kalimantan, Celebes ist Sulawesi. Sicher wäre dem Ziu dazu auch etwas eingefallen.

Oder wie man sich die Namen der fünf Erdteile merkte:

AM ERIKA-Sträuschen erkannte ich sie;
A SIE Ntschuldigen;
A FRIKAdellen wär jetzt gut;
EUeR OPA macht irgendwas; nur für den fünften fiel ihm nichts ein, so witzelte er:
AUSTRALIEN ist der kleinste Erdteil.

Sunt pueri pueri ...

Kein Zweifel, es war eine humanistische Lehranstalt, allerdings wurde kein Griechisch unterrichtet. Schon das Motto über dem Haupteingang des Haupthauses – *non scholae sed vitae discimus* – wies darauf hin, dass man nicht für die Schule, sondern für das Leben lernen solle. Und wenn der Lateinlehrer nach der Pause das Klassenzimmer betrat und die Schüler noch lärmten, sprach er: *Sunt pueri pueri – pueri puerilia tractant.* Knaben sind Knaben, und Knaben treiben knabenhaftes, egal ob auch Mädchen dabei waren. Von demselben Lehrer erfuhr man, dass »Idiot« ein griechisches Wort sei und ursprünglich Privatmann hieß. Und »Gymnasium« heiße eigentlich Nacktschule. Vielleicht nicht wörtlich, aber im übertragenen Sinn. Denn das Gymnasium war im Altertum die Schule oder ein Raum für Leibesübungen. Und die führte man bekanntermaßen nicht voll bekleidet aus. Dass einige von Helmuths Mitschülerinnen und Mitschülern im 20. Jahrhundert barfüßig in den Unterricht kamen und sich auch auf dem Gruppenfoto so ablichten ließen, geschah aber nicht als Hinweis darauf, dass sie sich in einem Gymnasium befänden. 1947 war Schuhwerk knapp, und um die Schuhe zu schonen, zog man sie besser gar nicht erst an. Hinzu kam, dass sich alle noch im Wachstum befanden und praktisch jedes Jahr die nächst größere Schuhnummer brauchten – die es einfach nicht zu kaufen gab. Glücklich, wer ältere Geschwister hatte, deren gebrauchtes Schuhzeug man übernehmen konnte.

Suche nach Lebensmitteln

Das Landheim war von einem wunderschönen Buchenwald umgeben, mit mehr als 40 Jahre alten Rotbuchen. Da ergab es sich, dass sie wunderbarer Weise im September 1945, dem Jahr der knappen Lebensmittel, massenweise diese dreikantigen Bucheckern abwarfen, was sie nur alle fünf bis acht Jahre tun. Da Mandeln knapp waren, wenn es überhaupt welche zu kaufen gab, war die Qualität des Weihnachtsgebäcks in Gefahr. Helmuth machte sich also daran, ein ganzes Säckchen voll zu sammeln und seiner Mutter stolz zu präsentieren. Nur das Auspulen der nussartigen Kerne war etwas schwierig, aber am Ende war das Ergebnis gut, und die Bucheckern gaben dem selbstgebackenen Christstollen den Geschmack von richtigen Mandeln. Dass sie giftig sind, hat niemand gestört, wenn man es überhaupt wusste. Auch Apfelkerne enthielten angeblich Blausäure, wie es hieß, und sie wurden trotzdem gegessen.

Überhaupt waren alle ständig auf der Suche nach etwas Essbarem, das man ohne Lebensmittelmarken bekommen konnte. Der »Pfarrer-Linnebach-Tee« war ja nur zum Trinken gedacht, aber auch den kochten sie in ihren Buden mit Tauchsiedern auf. Die Zellstoffwerke Mannheim boten irgendwelche total geschmacklose, aber nicht ungenießbare Flocken an, die in einer Papiertüte geliefert wurden. Mit heißem Wasser aufgegossen wurde daraus eine Art Brei oder Suppe – markenfrei! Den Vogel schoss der »Aspik« ab, den es in einer Schondorfer Kneipe zu essen gab, auch ohne Marken. Das war eine gallertartige Terrine, eine Sülze, die mit undefinierbaren Fleischstücken durchsetzt war. »Der Name leitet sich bestimmt vom Lateinischen ab«, meinte einer, »von *aspicere* – wegschauen.« Man sollte in diesem Fall nicht so genau hinschauen.

Und dann die Chlorung des Trinkwassers durch die Amerikaner. Sie hatten wohl eine schreckliche Angst davor, vergiftet zu werden, und versetzten das frische Wasser zur Desinfektion mit Chlor oder Chlorverbindungen. Abkochen half gar nichts. Wenn man sich Tee kochte, schmeckte halt der Tee nach Chlor.

Im Winter konnte man nicht zum Friseur gehen, ohne ein Stück Brennholz mitzubringen. Damit heizte der Figaro das Kanonenbulleröfchen in seinem Laden. Kleingeld wurde knapp, oft bekam man anstelle von Pfennigen oder Groschen Briefmarken zurück. Manche Geschäftsinhaber gingen sogar dazu über, selbst

Gutscheine zu erstellen, was im Grunde nichts anderes war, als dass sie Geld druckten. Das heißt, sie schnitten kleine Zettel zurecht, malten eine »10« darauf, stempelten die Papierchen ab, benutzten sie als Rausgeld und akzeptierten sie beim nächsten Besuch als Zahlungsmittel.

Helmuth schlief damals mit Gustav Dehlinger, mit dem er befreundet war, sowie mit Otto von Arland, Helmut Isemann und Wolfgang Schwab in der »Fünferbude Neubau Nord«. Wer es wagte, zu Otto »Arschland« zu sagen, bekam erst einmal von ihm eine so kräftige Abreibung, dass er es ein für allemal unterließ.

Detektor-Radio

Dann kamen die ersten Detektor-Empfänger auf. Otto und Wolfgang, die beiden Stubengenossen, die am Fenster schliefen, hatten sich so ein Radio gebastelt, das den Vorteil hatte, dass es keinen Strom brauchte. Es war mit einem 5 mm großen Kristall-Detektor ausgestattet, auf dem man mit einer Metallspitze herum kratzen musste, um einen Sender zu suchen. Hören tat man mit einem Kopfhörer. Für den Empfang war eine mehrere Meter lange Antenne erforderlich, die vom Haus hinüber zum Wald geführt und dort an einem Baum befestigt wurde. Nachts musste sie geerdet werden, zum Schutz gegen Blitzeinschlag. Ristows Mutter erinnerte sich schmunzelnd an den Rat der früheren Radiosprecher, die bei Sendeschluss die Hörer jede Nacht ermahnten: »Und vergessen Sie bitte nicht, ihre Antenne zu erden.« Schmunzelnd deshalb, weil man darin auch einen diskreten Hinweis auf das anschließende Tun oder Lassen im ehelichen Schlafgemach verstehen konnte.

Eines Tages kamen Otto und Wolfgang in die Bude, die ja tagsüber nicht abgeschlossen war, und sahen, dass jemand die Antennen abgeschnitten hatte. Das war sicher ein Neidhammel, entweder jemand aus einer der Nachbarbuden, oder ein Schüler aus einer höheren Klasse, der sie ärgern wollte. Sie haben nie herausgefunden, wer das gemacht hat.

Schülerurteile

Seit jeher war es im Landheim üblich, dass gleichzeitig mit den Zeugnissen zum Ende des Schuljahrs eine Beurteilung aller Schülerinnen und Schüler durch ihre Mitschüler abgegeben wurde. Diese Urteile fällte die Klasse, und sie wurden ins Zeugnis eingetragen. Das höchste Lob, das ein Schüler erhalten konnte, lautete »Allgemein anerkannt«. Helmuths Beurteilung lautete regelmäßig: »Helmuth hält zur Klasse«. Ein Jahr später kam der Zusatz hinzu: »…ist aber gelegentlich zu sehr von sich eingenommen.« Da er nicht zugeben wollte, dass er gar nicht wusste, was das heißt, von sich eingenommen zu sein, fragte er nicht lange nach, sondern überließ es seiner Mutter, ihm das zu erklären. Einem anderen Mitschüler, der vorübergehend mit Helmuth im gleichen Zimmer schlief, attestierte die Klasse, er sei ein Heuchler. Helmuth bewunderte diesen damals 13- oder 14-jährigen Jungen, der aus Mannheim stammte, noch heute. Er stellte sich vor die versammelte Klasse und sagte: »Isch heuschel net.« Otto von Arland, der Klassensprecher, antwortete ihm, dass »die Klasse« aber dieser Ansicht sei. Helmuths war es sicher nicht, aber er hatte nicht den Schneid, sich zu melden und zu widersprechen.

Demokraten

Die Amerikaner sorgten dafür, dass die Landheimschüler zu Demokraten erzogen wurden. Möglichst lupenreine sollten es sein. Die eine oder andere Klasse erhielt auch Zuwachs durch amerikanische Internatsschüler, um das Wort »eingeschleust« zu vermeiden. Harald van Scherpenberg berichtete, dass in seine Klasse (zwei Klassen über Helmuths) ein amerikanischer Junge kam, der wohl vor allem durch seine Waghalsigkeit auffiel. Zweiflügelige Fenster hatten damals noch einen senkrechten Mittelstreben. Dieser Junge rannte auf das Fenster, bei dem beide Flügel offen standen, zu, tat so, als wolle er hinaus hechten, hakte sich aber im letzten Augenblick mit einem Arm im Mittelstreben ein und wurde durch den Schwung wieder ins Zimmer zurück befördert. Leider ist nicht bekannt, in welchem Stockwerk sich dieses Klassenzimmer befand. Ob er das im zweiten Obergeschoss auch getan hätte?

Jetzt zur Demokratie. Das Landheim hatte immer einen Schülerpräses. Eigentlich ist ein Präses ein Kirchenvorstand. Hier war es ein besonders beliebter und allgemein anerkannter Schüler aus der obersten Klasse, der der Sprecher der Schüler war. Einer von ihnen hatte ja, wie schon berichtet, Helmuths aus dem Fenster gespuckten Kirschkerne auf den Kopf bekommen. Im Dritten Reich hielt man sich nicht lange mit demokratischem Krimskrams auf, der Präses wurde vom Chef ernannt. Nach dem Kriegsende und im Zuge der Umerziehung wurde der Schülerpräses 1946 erstmals nach allen Regeln der demokratischen Kunst von seinen Mitschülerinnen und Mitschülern gewählt. Erst wurden Kandidaten aufgestellt. Dann wurde der Wahlkampf eröffnet. Zum allgemeinen Staunen standen auf einmal überall im Schulhof Wahlplakate herum. So etwas hatten die ehemaligen Pimpfe noch nie gesehen. Und dann kam der Gang zur Urne.

Hier hat sich der Wahlspruch des Landheims voll bestätigt: Nicht für die Schule, sondern für das Leben hat man das gelernt!

11

Vater Ristow kommt wieder nach Hause

Prisoner of War

Vom Vater hörte seine Familie fünf schrecklich lange Monate nichts. Sie wussten also nicht einmal, ob er überhaupt noch am Leben war. Erst im Oktober 1945 bekam seine Frau eine vorgedruckte Postkarte: »*Ein Mitglied der geschlagenen Wehrmacht sucht seinen nächsten Angehörigen*«, und so erfuhren sie, dass er lebte. Er war in amerikanischer Kriegsgefangenschaft und saß in einem Lager in Frankreich. Seine charakteristische Unterschrift bewies, dass die Karte wirklich von ihm kam.

Der Vater seinerseits erhielt erst im Januar 1946 Antwort auf diese Karte, bis dahin wusste er nicht, wie es seinen Lieben ging. Von da an war aber regelmäßiger Briefwechsel möglich, allerdings anfangs nur 25 Wörter pro Brief.[33]

In Hohenpeißenberg hat man inzwischen wie überall versucht, dem kargen Leben seine guten Seiten abzugewinnen. Am 1. Mai 1946 fand bereits der erste traditionelle Tanz in den Mai nach dem Krieg statt, mit Aufstellen eines Maibaumes oben auf dem Berg. Das letztere hätte beinahe nicht stattfinden können, weil die »Bua'm« aus dem Nachbarort Peißenberg in der Nacht vorher den Maibaum der Hohenpeißenberger gestohlen hatten. Gegen ein Fass Bier wollten sie ihn wieder herausrücken. Dies wiederum lehnten die Bestohlenen ab und

---

[33] Dr. Ristows Bericht «12 ½ Monate nichts als Stacheldraht» befindet sich im Militärarchiv in Freiburg im Breisgau, Sammlung zur Kriegsgefangenengeschichte (MSg 200). Hierin ist auch der Vorfall in Peiting ausführlich beschrieben.

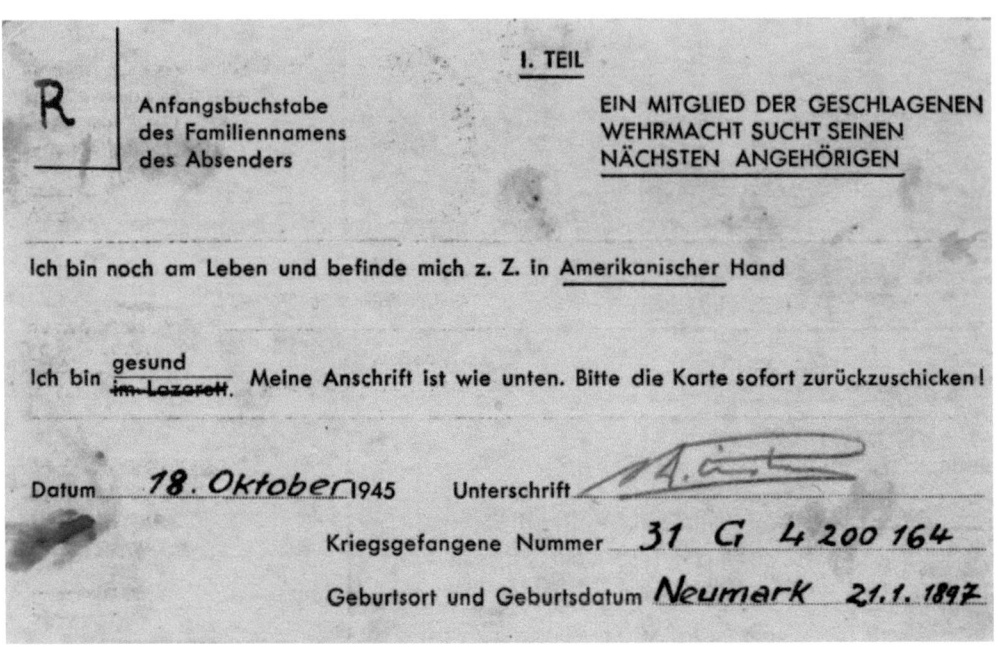

Ein Mitglied der geschlagenen Wehrmacht sucht seinen nächsten Angehörigen.

schlugen sich in aller Eile einen neuen Baum. »Einen viel größeren«, wie sie bei der Errichtung stolz verkündeten. Auf einer provisorischen Bühne wurden Tanzvorführungen geboten, die Mädchen im Dirndl, die Männer in Lederhosen und mit Wadenstrümpfen, der Trachtenhut mit Gamsbart. Dabei sahen Klaus und Helmuth zum ersten Mal einen Schuhplattler und den Watschentanz, auch Watschenplattler genannt. Dabei stehen sich zwei männliche Tanzpartner gegenüber, die durch Händeklatschen vortäuschen, dass sie sich abwechselnd Ohrfeigen (bayerisch *Watschen*) verabreichen.

Klar, dass jetzt auch die Zeit gekommen war, dass alle Frauen daran gehen konnten, ihren vorsichtshalber vergrabenen Schmuck wieder aus den Verstecken zu holen. Wobei die Perlen unter der Feuchtigkeit am meisten gelitten haben. Inge und Ursula waren jedenfalls tagelang damit beschäftigt, sie von der schwarzen Patina zu befreien, die in den letzten Monaten in den Erdlöchern angesetzt hatten.

Im Mai 1946 war es auch, dass Ursula endlich wieder ihren Alfred in die Arme schließen konnte. Eines Tages kam er ohne Vorankündigung von Peißenberg nach

Hohenpeißenberg hoch gelaufen, den gleichen Weg, den er 13 Monate vorher mit dem Wagen hinunter gefahren war. Als er den Hubertushof erreicht hatte, pfiff er ihre alte Erkennungsmelodie: »Oh Mädchen, mein Mädchen …«.

Helmuth war in Schondorf im Internat und wurde zum Chef gerufen. Er fragte sich ängstlich, was er nun wieder ausgefressen hätte, dass er in die Direktion gerufen wurde. Aber die Sekretärin machte die Tür ganz weit auf und sagte: »Du darfst nach Hause, dein Vater ist aus der Kriegsgefangenschaft entlassen worden.«

Der 49-jährige Dr. Alfred Ristow im Jahr 1946, unmittelbar nach seiner Rückkehr aus der amerikanischen Kriegsgefangenschaft

Als Klaus und Helmuth ihren Vater wiedersahen, sind sie erschrocken, wie abgemagert er war, und was für tiefe Höhlen er unter den Augen hatte. Sie machten beide einen Spaziergang mit ihm und liefen entlang der Wiesen, auf denen das Gras schon wieder recht hoch stand. Die nächste Heuernte stand vor der Tür. Die Sonne schien, die Wiesenblumen blühten, Schmetterlinge flatterten umher. Eine wundervolle Stille lag über dem Ganzen. Sie kamen zu einer Rinderkoppel, setzten sich in das Gras und sahen den Tieren beim Fressen zu. Eine Kuh kam neugierig zu ihnen hin gelaufen, beäugte sie und machte leise »Muh«. Vati antwortete höflich und sagte zu ihr: *Jetzt bist d u hinter Stacheldraht, und ich bin draußen.*

Im August 1950 waren die Eltern in Bad Reichenhall. Hier erinnert er sich noch einmal an die einjährige Kriegsgefangenschaft, … *die mich in den tiefsten moralischen und äußeren Morast führte, den man sich denken kann. Ein Tiefstand der geistigen Haltung der Mitgefangenen, und ein sadistisches Verhalten der Gefangenhalter! Im Winter bei Kälte und Regen in ungeheizten, einwandigen Zelten, in die man nur kriechen konnte.*

Aufbau einer neuen Existenz

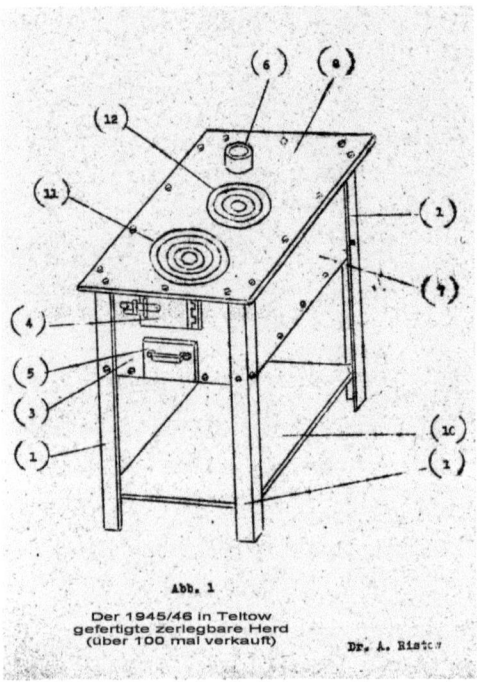

Abb. 1
Der 1945/46 in Teltow gefertigte zerlegbare Herd (über 100 mal verkauft)
Dr. A. Ristow

»Friedensproduktion« der Firma ARI-Fernwirk KG: Der zusammenlegbare Herd.

Nach seiner Rückkehr war Vater Ristow im Sommer 1946 sofort daran gegangen, seine alten Beziehungen spielen zu lassen und zu versuchen, den Betrieb in Teltow wieder zu übernehmen. Teltow lag jetzt in der sowjetisch besetzten Zone, der späteren DDR, und stellte u. a. Maurerkellen, Spaten und Schraubenzieher her, dann Lautsprecher und Drehkondensatoren. Und einen eisernen Küchenherd, der aus Einzelteilen zusammen geschraubt und mit Holz oder Briketts beheizt werden konnte. Zitat aus einem Manuskript von Egbert Rapp[34]:

Ein Frierender kaufte sich von der ARI-Fernwirk KG ein Blech- und Schraubenpaket mit Bauanleitung, besorgte sich 16 Mauersteine, die – von Trümmerfrauen geschrubbt – überall greifbar waren, und konnte heizen und kochen, wenn – ja wenn er was Brennbares hatte. (Mit diesem Herd war wohl der heutige Werbeslogan vom »Mitnehm-Möbel« vorweggenommen.) Der zerlegbare Herd wurde 1945/46 über 100 Mal verkauft. Rapp berichtet, dass es sieben Wochen nach der Kapitulation, also im Juli 1945, wieder Strom gab in Berlin.

---

34 Zur 50-Jahr-Feier der Firma Ristow 1981 hatte Egbert Rapp eine Dokumentenmappe zusammengestellt, der diese interessanten Ausführungen entnommen werden konnten. Diese Mappe befindet sich heute im Archiv des Industrie-Museums Teltow (IMT), Oderstraße 23, 14513 Teltow bei Berlin.

Und sein Kollege Kurt Exner legte im Juni 1945 einen Bericht zur Lage der Firma vor. Demnach seien alle Bank- und Sparkonten vor dem 1. Mai 1945 gesperrt worden. Zu diesem Zeitpunkt verfügte »ARI« über einen Barbestand von 200 RM.

Inzwischen war Vater Ristow daran gegangen, in Karlsruhe einen zweiten Betrieb aufzubauen. Das erwies sich als sehr weitsichtig, denn zur Leitung des Betriebes in Teltow wurde ein staatlicher Treuhänder eingesetzt, so dass es keine Möglichkeit für ihn gab, dort selbst unternehmerisch tätig zu sein.

Den Kontakt nach Karlsruhe hatte Egbert Rapp hergestellt. Seine Schwester war mit dem Karlsruher Polizeipräsidenten Dr. Krauth verheiratet. Über diese Schiene erfuhr Ristow, dass Karlsruhe, das bislang vorwiegend eine Beamtenstadt war, nach dem Krieg systematisch daran gegangen war, die Ansiedlung von Industriebetrieben zu fördern.

Der erste Mitarbeiter in Karlsruhe wurde 1947 der ehemalige Oberst der Polizei, Alfred Samlowski, den der Vater aus seiner Berliner Zeit kannte.[35] Als Samlowski ihn 1946 in Hohenpeißenberg besuchen kam, spannten Klaus und Helmuth – sie waren inzwischen 12 und 13 Jahre alt – die beiden Ochsen des Hubertushofs, Maxl und Hansel, vor ein Fuhrwerk und fuhren mit dem Vater zum Bahnhof, um den Besucher abzuholen. Man darf sich das aber nicht so vorstellen, dass sie wie die Kutscher von Pferdedroschken auf dem Wagen saßen und die Peitsche knallen ließen. Bei Ochsenfuhrwerken muss immer einer neben dem Gespann herlaufen und dem linken Ochsen, dem »Führochsen«, gut zureden. Wenn er vorwärts geht, macht es ihm der rechte Ochse, der »Zugochse«, nach. Aber alles schön langsam im Schritt. An Trab oder gar Galopp ist überhaupt nicht zu denken.

Das Treffen der beiden Männer haben die beiden Söhne in sehr guter Erinnerung. Sie sehen es noch wie heute, wie die beiden knapp 50-jährigen ehemaligen

---

35 Eine ausführliche Darstellung des Neuanfangs nach dem Krieg findet sich in der 2013 erschienenen Firmenbiographie: «Mit Sicherheit Erfahrung – Die Geschichte der Firma Ristow-Alarmanlagen», von Helmuth Ristow. Verlag Books on Demand GmbH, Norderstedt. ISBN 978-3-8482-6750-7.

Polizeioffiziere sich ansahen, plötzlich laut loslachten und unisono feststellten: *Hier hinter den bayerischen Bergen, bei den sieben Zwergen, sehen wir uns wieder!*

Sam, wie er beim Vater nur hieß, blieb bis Ende 1950 in seiner neuen Firma und wechselte 1951 zum neu geschaffenen Bundes-Ministerium des Inneren. Seine berufliche Karriere beendete Samlowski als General-Inspekteur des Bundesgrenzschutzes.

Bald ergab es sich, dass der Vater in Karlsruhe nicht nur die Möglichkeit für den Aufbau einer neuen Existenz fand, sondern auch Aussicht auf eine Wohnung für die ganze Familie bestand. So wurde schon einmal der Umzug von Hohenpeißenberg nach Karlsruhe ins Auge gefasst.

12

Klaus muss ins Internat

Garmisch

Zu den Maßnahmen, die der Vater systematisch in Angriff nahm, gehörte, dass er Klaus eröffnete, es sei Zeit, dass auch er eine Oberschule besuche. Da es für Klaus – wie schon für Helmuth – nicht infrage kam, täglich von Hohenpeißenberg nach Weilheim oder Schongau hin und zurück zu fahren, wurde er nach Garmisch ins Internat für Jungen gesteckt. Wer weiß, wie glücklich Klaus auf dem Hubertushof war und wie sehr er sich auch inzwischen an den Schulbetrieb gewöhnt hatte, versteht, warum er diese Entscheidung als total überflüssig und vollkommen gegen seinen Willen gerichtet ansah. Der Chef in Garmisch hieß Harward. Seine neuen Schulkameraden waren auch nicht besser als die alten in der Zwergenschule Hohenpeißenberg. Klaus fragte sich schon, ob es an ihm gelegen habe, dass er sich nicht durchsetzen konnte. Er hat sich in der Schule schwer getan. Es ging zwar mit Ach und Krach. Aber sicher war es für Klaus ein großes Handicap, dass er Linkshänder war, jedoch – wie es damals üblich war – gezwungen wurde, mit der rechten Hand zu schreiben. Heute denkt sich kein Mensch etwas dabei, wenn selbst der amerikanische Präsident Barack Obama Gesetze mit der linken Hand unterschreibt.

Zugspitze, Kreuzeck usw.

Ansonsten muss Garmisch ein schönes Pflaster gewesen sein. Klaus hat in der kurzen Zeit, die er dort war, sämtliche Berge drum herum bestiegen, den leichten

Wank ebenso wie die anspruchsvolle Zugspitze – alles *per pedes apostolorum*. Im Winter 1946/1947 gab es herrlichen Schnee, und sie liefen fleißig Ski. Allerdings hat er die schmerzvolle Erfahrung machen müssen, dass man dazu intakte Sportgeräte braucht. Denn eines Tages wollte er mit seiner Klasse auf das Kreuzeck und von oben die Olympiaabfahrt von 1936 zu Tal fahren. Aber die Bindung von einem seiner beiden Skier war nicht in Ordnung. Er konnte damit nicht den Schlepplift hoch fahren und bat einen Schulkameraden, seine Skier mit auf die Bergstation zu nehmen, während er selbst sich an einen »Schlepper« hing und den ganzen Weg hinauf im Lifttempo zu Fuß machte! Das war schon eine Herkulesaufgabe. Oben angekommen gab es aber keinen, der ihm helfen konnte, das heißt, die Bindung war immer noch defekt. Was tun? Klaus fuhr zunächst los, nur um nach kurzer Zeit festzustellen, nicht nur dass die Strecke »herrlich« total vereist war, sondern dass er sich auch mit der kaputten Bindung nur quälte. Nach einer Weile beschloss er, die Skier abzuschnallen und den Berg auch hinab wieder zu Fuß zu gehen. Der Leser kann raten, wer als letzter zu Hause ankam.

Die Internatsschüler waren Mitglied im GYA-Club. Sie konnten dort spielen, aber das Schönste war, dass sie an einigen Tagen der Woche ins Eisstadion des SC Riessersee durften. Nicht nur zum Schlittschuh fahren, sondern auch zum Eishockey spielen. Das war aber nicht sein Sport, denn wie wir gelesen haben, wurde er zwar ein erfolgreicher Hockeyspieler, aber nicht auf dem Eis, sondern auf dem Rasen.

Völkerball

Im Sommer wurde viel Völkerball gespielt, und da hatte Klaus sein persönliches Erfolgserlebnis. Beim Völkerball stehen sich zwei Mannschaften in zwei Feldern gegenüber. Die Mannschaft, die den Ball hat, versucht, ein Mitglied der anderen Mannschaft »abzuwerfen«, indem sie mit dem Ball nach ihm wirft und ihn trifft. Der Getroffene muss dann nach hinten, in das freie Feld hinter der gegnerischen Mannschaft. Wenn alle Mitglieder einer Mannschaft »abgeworfen« sind, hat diese verloren. In der Regel war das bislang Klaus' Klasse. Bis er eines Tages seinen großen Auftritt hatte. Denn wenn der Gegner auf einen wirft und man fängt den Ball, dann ist man nicht »abgeworfen«, und der Gegner muss selbst nach hinten. Von dort kann man sich »freiwerfen«, wenn man von seiner eigenen Mannschaft den Ball aus dem Feld heraus zugespielt bekommt und einen der anderen Mannschaft abknallt – pardon, abwirft. Und die anderen, die bisher immer gewonnen hatten, konnten machen, was sie wollten – es gelang ihnen nicht, Klaus abzuwerfen, er fing jeden Ball, warf ihn seinen »abgeworfenen« Mannschaftskameraden zu, die sich wieder freiwarfen und zurück ins Feld durften.

Das hatten sie noch nie erlebt. Klaus war der Held des Tages und wurde vom Sportlehrer spontan zum Riegenführer ernannt. Nur ein dicker Fingerknöchel an der linken Hand wird ihn sein ganzes Leben lang an dieses Erfolgserlebnis erinnern.

Umzug nach Karlsruhe

In der Mitte des Jahres 1947 war es soweit, dass aus Karlsruhe grünes Licht für den Umzug kam. Das hieß für Klaus und Helmuth, dass sie alle ihre Sachen packen und ihre Internate sofort verlassen mussten, also schon vor Beendigung des Schuljahres.

Im Juli 1947 verabschiedete sich Klaus – er war damals zwölf Jahre alt – von seinen Kumpels in Garmisch und fuhr mit Sack und Pack zu Helmuth nach Schondorf. Helmuth hatte ihm im Landheim eine Schlafgelegenheit für eine Nacht besorgt, und er bekam auch etwas zu essen. Sicher musste er dafür Lebensmittelmarken abgeben, aber so genau ist das nicht überliefert. Klaus wunderte sich nur, dass Helmuths Freund und Zimmergenosse Gustav Dehlinger an Helmuths letztem Abend auf einem Schrank hockte und ihm – als er mit Klaus das Zimmer betrat – von oben eine Schüssel voll Wasser über den Kopf schüttete. Frust, weil er einen Freund verlor? Neid, weil er noch nicht nach Hause durfte? Sei's drum, Klaus und Helmuth gingen am nächsten Morgen zum Bahnhof Schondorf, um die in vier Jahren lieb gewordene neue Heimat für immer zu verlassen. Sie stiegen in den Zug nach Augsburg und fuhren von dort über Stuttgart nach Karlsruhe.

Als der Zug in Pforzheim hielt, erschraken beide über die fürchterlichen Zerstörungen, die der schwere Luftangriff vom 23. Februar 1945, also kurz vor Kriegsende, in der Stadt verursacht hatte. Die Stadt war zu 98 % zerstört worden, rund ein Viertel der damals 80.000 Einwohner sind dabei ums Leben gekommen. Rund 20 Jahre später erfuhr Helmuth, dass seine Frau Hannelore durch einen reinen Zufall diesem Inferno entkommen ist. Hannelores Mutter war mit ihrem knapp sechsjährigen Töchterchen in Pforzheim zu Besuch bei Verwandten. Diese betreuten irgendwelche kriegswichtigen Arbeitsmaiden, weshalb es dort genug zu Essen gab. Offensichtlich fiel davon aber zu wenig für das kleine Kind ab; jedenfalls ärgerte sich die Mutter so, dass sie mit ihrer Tochter wütend abreiste – einen Tag vor dem verheerenden Angriff. Die Verwandten kamen alle ums Leben.

In Karlsruhe wurden Helmuth und Klaus von Ihren Eltern schon erwartet. So wurden aus »Saubreiß'n« in Oberbayern »Neig'schmeckte« in Baden.

13

Nachwort: Was ist aus ihnen geworden?

Der Vater

Mit Beginn der Fünfzigerjahre begann Alfred Ristow, regelmäßig Jahresberichte über das Geschehen in der Firma zu schreiben. 1955 war er in Schloss Elmau, wo er notierte: »Das Jahr 1954 brachte für mich persönlich einen erheblichen Dämpfer. Der Arzt stellte, mehr durch Zufall, fest, dass ich Leukämie habe – eine seltene, dafür unheilbare Krankheit. Über das, was ich einmal im Alter mache, brauche ich mir also nicht den Kopf zu zerbrechen.«

Sicher waren die Demütigungen, die er als Kriegsgefangener erfahren hatte, mit ein Grund für diese schwere Erkrankung. Am 29. September 1960, also sechs Jahre nach der Diagnose, starb Dr. Alfred Ristow im Alter von erst 63 Jahren in Karlsruhe. Die Urne mit seiner Asche wurde auf dem Gelände seiner Firma in der Killisfeldstraße 72 in Karlsruhe-Durlach beigesetzt. Die Genehmigung dazu erteilte der Polizeipräsident Dr. Krauth persönlich. Ursula Ristow hatte ihn, zusammen mit ihrem Sohn Helmuth, aufgesucht und darum gebeten. Als Grabstein hatte Alfred sich einen Granitblock gewünscht, keinen polierten Stein. Mit einer ostpreußischen Elchschaufel und ohne große Aufschrift: »Hier ruht …« oder gar »Requiescat in pace«. Nur die Elchschaufel und darüber der Name: Dr. A. Ristow. – Als das Firmengelände in den 1990er Jahren in anderen Besitz überging, wurde die Urne wieder ausgegraben und fand dann zusammen mit der Urne seiner Frau im Grab der Familie Ristow auf dem Bergfriedhof in Karlsruhe-Durlach ihre endgültige Ruhe. Der Granitblock, der aus dem Murgtal stammte, befindet sich seitdem auf dem Gelände des Rittnerthofes auf dem Durlacher Turmberg.

In 1000 Jahren, wenn die Archäologen uns ausgraben, werden sie sich fragen, wie der wohl dahin gekommen sein mag ...[36]

Die Mutter

Ursula Ristow war beim Tod ihres Mannes knapp 56 Jahre alt und noch nicht ganz 29 Jahre verheiratet. Sie lebte dann nochmals fast 29 Jahre als Witwe. In dieser langen Zeit war es ihren Söhnen nicht gelungen, ihr die Abseitsregel beim Fußball und beim Hockey zu erklären. Auch mit dem »Eigentor« hatte sie ihre Probleme. Und wenn Klaus und Helmuth nach Hause kamen und erzählten, dass das Spiel 0 : 0 ausgegangen sei, dann fragte sie, warum sie überhaupt gespielt hätten!

Die Mutter starb am 12. November 1991 im Alter von knapp 88 Jahren, ebenfalls in Karlsruhe. Sie war nicht krank, sie saß auf einem Sessel, hatte ein Buch in der Hand und ist einfach eingeschlafen, ohne wieder aufzuwachen. Am selben Abend war sie noch mit Egbert Rapps Witwe zum Essen aus gewesen. Im Juli und August desselben Jahres hatte sie die zehnte oder elfte Reise auf ihrer geliebten MS EUROPA gemacht, vier Wochen war sie unterwegs und zum x-ten Mal an der nördlichen Packeisgrenze. Sie hat immer gesagt, wenn man einmal dort war, möchte man immer wieder hinfahren, der Anblick lässt einen nicht los. Dass man ihr hinter der vorgehaltenen Hand Ähnlichkeit mit Miss Marple[37] nachsagte, störte sie nicht. Im Gegenteil, bei den Kostümfesten auf der EUROPA brauchte sie nicht lange zu überlegen, wie sie sich verkleiden sollte.

---

36 Hier sei es schon einmal verraten: Helmuth hatte den Rittnerthof mit seiner Frau Hannelore im Jahr 1992 für 25 Jahre in Pacht genommen und dort einen Reiterhof eingerichtet. Dorthin ließ er den Granitblock transportieren, es war genug Platz auf dem Gelände. Nachzulesen in seiner «Geschichte des Rittnerthofes», die in Kürze erscheinen wird.
37 Miss Marple ist eine Romanfigur in mehreren Kriminalgeschichten der englischen Autorin Agatha Christie.

Der Betrieb in Teltow

Egbert Rapp war 1947 daran gegangen, kistenweise Elektromaterial (vor allem wertvolle Telegrafenrelais und Teile zur Herstellung von Lautsprechern) aus dem Betrieb in Teltow in den neuen Betrieb nach Karlsruhe zu überführen. Dafür wurde er vom Volksgerichtshof der DDR in Abwesenheit verurteilt und sein Firmenanteil vom Staat eingezogen. Weil man Dr. Ristow vorwarf, Rapps Tun geduldet zu haben, wurde vom Bürgermeister der Stadt Teltow ein staatlicher Treuhänder zur Leitung der Firma eingesetzt. Dr. Ristow konnte sich von diesem Augenblick an nicht mehr in Teltow sehen lassen.

1961, mit dem Bau der Mauer, musste der Betrieb seinen Standort in Teltow verlassen. Da der Grundstückszaun gleichzeitig die Grenze zu Westberlin war, wurde das Grundstück enteignet, mit Stacheldraht abgesichert und mit einem Wachturm versehen. Praktisch gehörte es jetzt zum so genannten Todesstreifen. Nach dem Fall der Mauer 1989 kamen als Erstes die Grünen auf das Gelände und stellten Warnschilder auf: »Naturschutzeulen«! Angeblich hatten sich hier seltene Frösche, Igel oder Wasservögel angesiedelt, die am Ufer des Teltow-Kanals fast 30 Jahre lang ein ungestörtes Leben führen konnten.

Besonders Klaus hat sich sehr darum gekümmert, das Grundstück wiederzubekommen. Aber alle Bemühungen mussten bald eingestellt werden. Nicht wegen der seltenen Frösche, sondern weil für die Enteignung nachweislich Geld geflossen war.

Schwester Bärbel

Klaus' und Helmuths Halbschwester Bärbel meldete sich 1997 brieflich bei Helmuth. Sie teilte ihm mit, dass Dr. Alfred Ristow ihr Vater sei. Das wirkte zunächst wie ein Schock auf ihn. Dann sagte er sich: Okay, das kann ja sein, der Vater war lange von zu Hause weg. Außerdem hatte Bärbel einen Brief des Vaters mitgeschickt, den Alfred ihrer Mutter in seinen letzten Lebenstagen – praktisch vom Sterbebett aus – geschrieben hatte. Die charakteristische Handschrift war unverkennbar die des Vaters. Klaus wollte es zuerst überhaupt nicht glauben. Helmuth

aber hatte noch zu Lebzeiten seines Vaters ein Erlebnis der besonderen Art, weshalb er auf Bärbels Brief nicht mit totaler Ungläubigkeit reagiert hat.

Vater Ristow kam – es muss 1957 gewesen sein – zum Mittagessen nach Hause, wo ein Brief für ihn lag. Er machte ihn auf und sagte, den habe eine ehemalige Mitarbeiterin seines Regimentsstabes geschrieben. Das war zunächst nichts Ungewöhnliches, denn der Vater hatte nach dem Krieg sehr viele Kontakte zu seinen früheren Mitarbeiterinnen und Mitarbeitern. Dem Brief lag die Fotografie eines etwa 11- oder 12-jährigen Mädchens bei, (siehe oben), und die Briefschreiberin teilte mit, dass sie eine Tochter habe, die kurz vor der Konfirmation stünde. Der Vater zeigte seiner Frau und Helmuth das Foto, worauf die Mutter spontan ausrief: *Das ist doch deine Tochter! Die sieht aus wie dem Helmuth aus dem Gesicht geschnitten.* Vater Ristow wiegelte aber ab und gab nichts zu. Über diese Angelegenheit wurde nicht weiter gesprochen, jedenfalls nicht in Helmuths Gegenwart.

Bärbel berichtete, dass der Vater und ihre Mutter sich nach dem Krieg noch einige Male in West-Berlin getroffen hätten. Mit seinem frühen Tod 1960 veränderte sich aber alles ganz plötzlich. Tatsächlich hat sie ihren Vater niemals kennen gelernt.

Bärbel heißt inzwischen Barbara Keller, ist promovierte Zahnärztin im Ruhestand und hat eine Tochter und zwei Enkelkinder. Sie wohnt mit ihrem Mann Karl-Heinz Keller in Berlin. Heute verbindet Klaus und Helmuth mit ihr und ihrer Familie eine herzliche Freundschaft, die allerdings unter der großen Entfernung leidet, die sie trennt. Sie eint aber das Gefühl, einen gemeinsamen Vater zu haben.

Bruder Klaus

Klaus und Gudrun Ristow mit ihren Söhnen Hans-Alfred und Matthias, 1981

Klaus hatte, wie sein Vater 1954 schrieb, die Schule mit einem hörbaren Seufzer der Erleichterung verlassen und sei seitdem ein anderer, viel freierer Mensch. Das von seinem Vater für den Fall eines bestandenen Ingenieur-Examens versprochene Motorrad sah er als reine Erpressung an. Er begann 1952 eine Lehre als Mechaniker bei den Industrie-Werken Karlsruhe (IWK) und arbeitete danach im väterlichen Betrieb. 1956 zog er nach Hamburg, wo er in einer Werksniederlassung von Mercedes weitere Berufserfahrung sammelte. Dort lernte er seine aus Pinneberg stammende Frau Gudrun kennen, die er 1963 heiratete. Sie haben zwei Söhne und vier Enkelkinder.

Von 1961 bis 1993 leitete er zusammen mit Helmuth die Firma Dr. Alfred Ristow in Karlsruhe-Durlach, einen Spezialbetrieb für elektrische Alarmanlagen. Klaus ist seiner neuen Heimat treu geblieben und wohnt mit seiner Frau nach wie vor in Karlsruhe.

Bruder Helmuth

Seinem Sohn Helmuth hat der Vater bescheinigt, dass er seinen Weg (Abitur und Hochschuldiplom als Technischer Volkswirt) machen werde. Er hätte zwar »ein paar unschöne Charaktereigenschaften, aber die seien jugendlicher Ballast, die ihm das Leben abnehmen werde«. Das war bereits 1958 der Fall, wie das Zeugnis seines ersten Chefs bestätigt. Helmuth hat nach seinem Diplom

Manuela und Helmuth Ristow am 08.08.08

bei Professor Dr. Rolf Fricke ein Jahr lang als Verwalter einer wissenschaftlichen Assistentenstelle (also als sein Assistent) gearbeitet, mit dem Ziel zu promovieren. Diesen Versuch musste er wegen des frühen Todes seines Vaters abbrechen. Von 1961 bis 1994 war er Geschäftsführender Gesellschafter der Firmen Dr. Alfred Ristow bzw. (ab 1993) der Cerberus-Ristow. 1962 heiratete er Hannelore, geb. Rommel, die – wie Klaus' Frau – auch keine Berlinerin war, sie war in Kassel geboren. Nach 45-jähriger (leider kinderloser) Ehe ist sie an einer heimtückischen Krankheit gestorben. Auch er ist Karlsruhe treu geblieben. Mit seiner zweiten Frau Manuela, geb. Meier-Karrer, einer Karlsruherin, die in der Weststadt groß geworden ist, lebt er seit dem 08.08.08 teils in Karlsruhe, teils in Ascona in der Schweiz.

Konfirmation in Karlsruhe-Durlach

Klaus und Helmuth im März 1949, am Tag ihrer Konfirmation, auf dem Hengstplatz in Durlach.

Im März 1949 wurden Klaus und Helmuth in der evangelischen Kirche in Karlsruhe-Durlach konfirmiert. Das Bild zeigt sie beide, 14- und 15-jährig, vor dem Denkmal des Durlacher Stadtbaumeisters Christian Hengst, der gut hundert Jahre früher, am 28. Juli 1846, eine der ersten freiwilligen Feuerwehren Deutschlands gegründet hatte, das »Pompiercorps«. An der Kleidung, die sie trugen – zwar mit der seinerzeit üblichen schwarzen Fliege, Klaus aber nicht im schwarzen Anzug – kann man sehen, dass sie noch in der Nachkriegszeit lebten. Man konnte nicht einfach in einen Laden gehen und kaufen, was man gerade brauchte. Helmuths Anzug war ein Anzug seines Vaters, der vom Schneider aufgetrennt, gewendet und dann auf seine Größe umgearbeitet worden war.

Pfarrer Beisel hatte für beide einen gemeinsamen Konfirmationsspruch gefunden, der sehr sensibel gewählt worden war:

»Bleibet fest in der brüderlichen Liebe.«
(Hebräer 13,1)

Sie blieben es zwar nicht immer, aber doch meistens.
Das jedoch ist eine andere Geschichte.
Damit enden die Erinnerungen der kindlichen Zeitzeugen.

Dank

Bei allen meinen Verwandten und Freunden, die zum Gelingen dieses Büchleins beigetragen haben, bedanke ich mich ganz herzlich. Vor allem dafür, dass sie, ohne ungeduldig zu werden, gerne mithalfen, meine Gedächtnislücken zu schließen. Das gilt vor allem für meinen **Bruder Klaus,** der nicht nur die schrecklichen Verhältnisse in den Berliner Krankenhäusern 1943 eindrucksvoll geschildert hat, sondern auch seine speziellen Erlebnisse in der von ihm »ach so geliebten« Schule. Unsere **Schwester Bärbel** hat behutsam die Berichte über die Beziehung ihrer Mutter zu Alfred Ristow redigiert, wofür ich ihr sehr dankbar bin. **Vetter Friedrich Cunow, genannt der Friedel,** kennt sich in den nicht ganz einfachen, weil weit verzweigten Familienverhältnissen der Hefters gut aus; er hat vor allem zum Kapitel »Trebnitz« einiges beigesteuert. **Cousine Renate Hefter**, die als Zweijährige von Tiefffliegern beschossen und dabei verletzt wurde, hat erzählt, was ihr Jahre später darüber berichtet wurde.

    Norman van Scherpenberg war so nett, alle Berichte kritisch zu prüfen, die sich auf seine Familie und den Hubertushof in Hohenpeißenberg beziehen. Er hat auch den Kontakt zu **Cordula Schacht**, der Tochter meines Patenonkels Hjalmar Schacht, hergestellt. Sie hat ausdrücklich bestätigt, keine Einwendungen zu meinen Äußerungen über ihren Vater zu haben, auch nicht zum »*homme à femmes*«!

    Die Erlebnisse im Landheim Schondorf am Ammersee bin ich mit meiner ehemaligen Klassenkameradin **Eva Link, geb. Linn,** durchgegangen. Ihr Anteil an diesem Werk ist nicht zu unterschätzen. Vor allem bei den Namen unserer ehemaligen Lehrerinnen und Lehrer war sie sehr hilfreich. Sie hat auch das Korrektorat übernommen, wobei sie vor allem meine Schwächen bei der *consecutio temporum* mit zarter Hand ausgebügelt hat. Auf diese Weise wurden viele »würde« und »hätte« vermieden.

    Ganz besonders danken möchte ich aber **meiner Frau Manuela**, die mich nach dem Lesen der ersten Manuskript-Seiten ermuntert hat, weiter zu machen. Ihr habe ich dieses Büchlein gewidmet.

Vom Autor ist bisher erschienen:

Mit Sicherheit Erfahrung - Die Geschichte der Firma Ristow-Alarmanlagen
Verlag BOD Books on Demand, Norderstedt 2013, ISBN 978-3-8482-6750-7.

Seit seiner Pensionierung verfasst er gelegentlich Referate über historische Ereignisse, Schwerpunkt Europäische Geschichte. Interessenten können die folgenden Texte abrufen (E-Mail: helmuthristow@aol.com):

- **Karl XII. von Schweden** – Kurzfassung der Biographie des französischen Philosophen, Schriftstellers und Historikers François-Marie Arouet, bekannt unter dem *nom de plume* **Voltaire**
- **Der Genozid an den Armeniern 1915** – Vorgeschichte und Nachspiel
- **Vom kleinen Seehaus »La Cassetta« am Lago Maggiore nach Caserta** – Die geheimen Verhandlungen über die Kapitulation der Wehrmacht in Italien am 2. Mai 1945 (nach dem Originalbericht des Vermittlers Max Waibel, Oberstleutnant der Schweizer Miliz)
- **Baden für »Reingeschmeckte«** – Die Geschichte der Markgrafschaft und des Großherzogtums Baden in 20 Minuten